Biblia Sagrada

para niños

LIBSA

Este libro pertenece a...

_____

_____

_____

© 2017, Editorial LIBSA
C/ San Rafael, 4
28108 Alcobendas (Madrid)
Tel.: (34) 91 657 25 80
Fax: (34) 91 657 25 83
e-mail: libsa@libsa.es
www.libsa.es

Textos: María Mañeru y equipo editorial Libsa
Ilustración: José Luis Navarro
Edición: Equipo editorial LIBSA

ISBN: 978-84-662-3599-0

DL: M 40163-2016

Contenido

Antiguo Testamento

Contenido

Nuevo Testamento

Antiguo Testamento

Dios crea el mundo

En la oscuridad cuando no existía nada, solo vacío, agua y tinieblas, Dios creó el mundo en seis días. El primer día, Dios dijo:

—Sea la luz.

Y la luz se hizo. Y vio Dios que la luz era buena, y la llamó día, y a la oscuridad, noche.

El segundo día, Dios separó las aguas tenebrosas, creando entre ellas el cielo.

El tercer día, Dios juntó las aguas en un lugar y dejó al descubierto una extensión seca, y a las aguas las llamó mares y a la extensión seca, tierra. Así, Dios vio que había separado un firmamento, los océanos y la tierra y vio que todo ello era bueno.

El tercer día también, creó Dios la hierba, los árboles y las plantas, cubriendo la tierra, que había nacido árida, con toda la vegetación. Y así vio cómo los frutos se multiplicaban y crecía la riqueza vegetal, y que todo ello era muy bueno.

El cuarto día, Dios creó las estrellas brillantes en el cielo y también el Sol, para que iluminara la tierra de día, y la Luna, para que presidiera la noche con su pálido resplandor. Al crear los astros, Dios creó también el paso del tiempo y las estaciones.

El quinto día quiso Dios que las aguas se poblaran de peces, serpientes y reptiles, y los cielos, de aves voladoras. Y el sexto día, Dios creó a todos los animales terrestres. Entonces, Dios dijo:

—Hágase el hombre a mi imagen y semejanza.

Y Dios creó al hombre y la mujer para que reinaran sobre la tierra, las aguas y los cielos, por encima de los demás animales, y Dios los bendijo ofreciéndoles todos los frutos y las semillas de la tierra para que se alimentaran. Y así, el séptimo día, Dios vio todo lo que había creado y que todo ello era bueno y descansó. Por eso, ese séptimo día, el domingo, los cristianos no trabajan y lo dedican a santificar a Dios, agradeciéndole el maravilloso mundo que creó para ellos.

Adán y Eva

Dios había creado al primer hombre, Adán, modelando la misma tierra con su forma humana y le había dado la vida soplando sobre su rostro con su aliento divino. Como quería que el hombre fuese feliz, Dios creó para él un jardín lleno de riqueza natural, al que llamó el Huerto del Edén, que tenía tanta belleza y frutos, que el hombre no necesitaba ninguna otra cosa.

En mitad de ese huerto, Dios plantó el Árbol de la Ciencia del Bien y del Mal y le dijo al hombre que podía comer de todos los frutos de los árboles, menos del fruto del Árbol de la Ciencia del Bien y del Mal, porque si no, moriría. El hombre prometió no hacerlo.

Para que no estuviese solo, Dios creó también a la primera mujer. Ambos vivían muy felices y en armonía en el maravilloso Huerto del Edén.

Ellos cuidaban del Edén y podían ir libremente a donde quisieran, aunque sin olvidar la prohibición de Dios y por tanto, no comer nunca el fruto del manzano.

Los dos estaban desnudos, pero no sentían vergüenza, porque su alma estaba en paz, eran puros y no conocían la maldad.

La tentación

Pero la serpiente era el animal más astuto y malvado de cuantos había creado Dios y un día se acercó a la mujer y le dijo:

—¿Dios os ha prohibido comer el fruto del Árbol del Bien y del Mal?

—Sí –contestó ella–. Dios nos dijo que comiéramos todos los frutos que quisiéramos, pero no este, porque entonces moriríamos.

—No moriréis –contestó segura la serpiente–. Lo que ocurre es que si coméis este fruto delicioso comprenderéis de pronto todo el bien y todo el mal, seréis iguales que Dios, tendréis su mismo poder y además podréis ser independientes. Él lo sabe y os lo ha prohibido por temor a que lleguéis a ser mejores que él.

Y con estas palabras maliciosas y otras similares, la serpiente convenció a la mujer para que quebrantara la ley divina.

Ella escuchó atentamente a la serpiente y contempló el fruto que le ofrecía, un fruto que parecía jugoso y rico para comer, y que además podía otorgarles la sabiduría de Dios, y sintió deseos de probarlo. Entonces, de manera impulsiva, arrancó una manzana que le pareció especialmente deliciosa de una de las ramas y la mordió. Le pareció tan dulce y delicioso su sabor que, olvidando el mandato de Dios, se fue a buscar a Adán para que él también la probara.

—Toma, come de este fruto –le dijo–, pues la serpiente dice que si lo probamos, seremos tan sabios y poderosos como el mismo Dios. Así nada ni nadie mandará sobre nosotros y conseguiremos la independencia que tanto ansiamos, seremos reyes de todo cuanto existe.

Adán hizo lo que su mujer le decía y, al morder el fruto, su sabor le pareció igual de agradable que a ella. Así, el primer hombre y la primera mujer se alejaron de los deseos de Dios y le desobedecieron.

Eva y Adán, expulsados del Paraíso

Nada más morder el fruto prohibido, Adán y su mujer perdieron su pureza e inocencia, sus ojos se abrieron y comenzaron a sentir vergüenza por caminar desnudos por la tierra.

Entonces buscaron las grandes hojas de la higuera y se taparon con ellas. Al desobedecer a Dios, sintieron miedo y se escondieron entre los árboles

del Huerto del Edén, pero Dios llamó a Adán y le dijo:

—¿Por qué os habéis vestido? ¿Tenéis una vergüenza que yo no os enseñé? ¿Acaso habéis comido del fruto que os prohibí?

Avergonzado, Adán le contestó:

—Mi mujer me convenció para comer el fruto prohibido…

—¿Es cierto? –preguntó Dios a la mujer. Y ella le dijo:

—La serpiente me lo dio, me engañó y me dijo que era bueno.

Entonces, Dios mostró su ira con la serpiente y le gritó:

—Por lo que hiciste, vivirás para siempre arrastrándote, comerás tierra todos los días y serás un animal maldito.

Después, Dios se volvió hacia la mujer y le dijo:

—Por haber escuchado a la serpiente, tu castigo será dar a luz a tus hijos con dolor.

Y Adán llamó a la mujer Eva, que significa «Vida».

Por último, Dios se volvió hacia Adán y le dijo:

—Por tu desobediencia, te castigo a trabajar la tierra para conseguir alimento. Ya no te será dado por mi gracia, sino que estarás obligado a ganarlo con el sudor de tu frente. Cuando mueras, regresarás a la tierra de la que naciste y en polvo te convertirás, pues polvo de tierra eres.

Después, Dios vistió a Adán y Eva con pieles y los expulsó del Paraíso en el que habían vivido hasta entonces. Ellos dejaron atrás el Huerto del Edén, y a partir de entonces trabajaron y buscaron sus propios alimentos.

Y para proteger el Huerto del Edén, Dios colocó a un querubín como guardián en la entrada. Y este ángel portaba una espada de fuego. De este modo quedó sellado el Paraíso.

Caín y Abel

El primer hijo que tuvo Eva fue un varón al que llamaron Caín; poco tiempo después, Adán y Eva tuvieron un segundo hijo, al que llamaron Abel. Caín se dedicó a la labranza de la tierra, mientras que Abel prefirió ser pastor y se encargaba de vigilar el rebaño de ovejas mientras pastaban.

Un día, Caín hizo una ofrenda a Dios con los mejores frutos de su cosecha. Por su parte, Abel eligió sus mejores corderos y también se los ofreció al Señor. Dios se sintió más satisfecho con la ofrenda de Abel, y lo alabó y felicitó por su generosidad, mientras que a Caín no le dijo nada.

Entonces Caín sintió celos de su hermano y la envidia lo enfureció. Caín engañó a su hermano para que saliera junto a él al campo y una vez solos, lo atacó con tanta fuerza, que lo mató.

Entonces Dios buscó a Caín y le preguntó:

—¿Dónde está Abel, tu hermano?

—¿Soy yo acaso guarda de mi hermano? –le respondió Caín.

Pero Dios sabía lo que había ocurrido y le dijo:

—Caín, la sangre de tu hermano grita hacia mí desde la tierra, por eso te maldigo y así, después de labrar esta tierra con gran esfuerzo, no obtendrás fruto, de manera que vivirás como un vagabundo errante y fugitivo sobre ella.

Entonces Caín le respondió:

—¿Qué será de mí entonces? Ha sido tan grande mi pecado y mi castigo que ahora, solo y abandonado, cualquier otro podrá matarme.

—Descuida, el que mate a Caín deberá pagarlo siete veces –sentenció Dios.

Y le hizo una marca para que todos supieran que era Caín y nadie pudiera matarlo. Entonces Caín se alejó de la presencia del Señor y se puso a vivir al Este del Edén, donde tuvo descendientes.

Tiempo después, Adán y Eva tuvieron otro hijo, al que llamaron Set y que les llenó de alegría, pues pensaban que era la bendición de Dios después de haber perdido a sus otros dos hijos.

La estirpe de Adán fue muy longeva y numerosa: Adán vivió novecientos treinta años y tuvo hijos e hijas, de los cuales su hijo Set vivió novecientos doce años y tuvo hijos e hijas; su hijo Enós vivió novecientos cinco años y tuvo hijos e hijas; su hijo Quenán vivió novecientos diez años y tuvo hijos e hijas; su hijo Mahalaleel vivió ochocientos noventa y cinco años y tuvo hijos e hijas… y así las personas se multiplicaron y poblaron la tierra, hasta llegar a Noé, el hombre que salvaría al mundo y le devolvería la esperanza.

El diluvio universal

Cuando la descendencia de Adán pobló la tierra, Dios observó que no siempre los hombres se comportaban con bondad. El primer castigo de Dios fue reducir su larga vida a tan solo ciento veinte años, pero al ver que algunos hombres seguían pecando, que sentían envidia unos de otros, que luchaban entre sí y expandían su maldad, Dios se arrepintió de haber creado al hombre y tomó la decisión de hacerlo desaparecer.

—Voy a eliminar de la superficie terrestre todo lo que he creado: los hombres, las bestias, los reptiles y también las aves del cielo.

Sin embargo, hubo un hombre bueno y justo que agradó a los ojos de Dios. Ese hombre era Noé, que siempre había seguido los caminos del Señor y que tenía tres hijos: Sem, Cam y Jafet. Dios decidió salvar a Noé y a su familia para dar otra oportunidad a los hombres. Entonces le contó sus intenciones y le ordenó construir un arca de madera:

—Construye un arca dividida en compartimentos que tenga ciento cincuenta metros de largo, treinta de ancho y quince de alto. Tendrá un techo que no será plano para que el agua resbale y no se inunde. Además, debe tener tres pisos para poder albergar una pareja de cada especie de pájaro, reptil o bestia, además de tu mujer, tus hijos y las mujeres de tus hijos, pues contigo estableceré mi alianza.

Noé hizo todo lo que le mandó Dios: construyó el arca según sus instrucciones, se aseguró de reunir en su interior un macho y una hembra de cada animal y por último, embarcó a su propia familia.

Cuando todos estuvieron dentro Dios envió el diluvio universal y comenzó a llover y a llover, y estuvo lloviendo durante cuarenta días con sus noches. De esta forma, la tierra, que había permanecido seca hasta entonces, se llenó de agua y todos los seres vivos que habitaban en ella se ahogaron.

El arca llega a tierra

La tierra entera, incluso las montañas más altas, quedaron sumergidas. Solo se salvaron Noé y aquellos que lo acompañaban en el arca. Cuando dejó de llover, las aguas aún inundaron la tierra durante ciento cincuenta días. Entonces Dios envió un viento sobre la tierra para que las aguas descendieran.

Noé abrió una ventana y dejó salir a un cuervo, que revoloteó hasta que las aguas desaparecieron. Entonces envió una paloma que regresó sin haber podido posarse sobre la tierra mojada; siete días más tarde, Noé envió de nuevo a la paloma, que regresó trayendo un ramo de olivo en el pico.

Y Dios ordenó a Noé salir del arca con su familia y todos los animales, para repartirse y multiplicarse por la tierra.

Y así se hizo. Y lo primero que hizo Noé fue levantar un altar a Dios y hacerle una ofrenda. Entonces Dios dijo:

—Nunca más volveré a castigar a los seres vivos como ahora lo he hecho. De ahora en adelante, nunca cesarán la siembra ni la cosecha, el verano y el invierno y el día y la noche.

Entonces Dios bendijo a Noé y a los suyos dedicándoles estas palabras:

—Sed fecundos, multiplicaos y llenad la tierra. Los animales y las plantas estarán a vuestro servicio para alimentaros. Tan solo os daré dos normas que deberéis cumplir: la primera, no comáis la carne de los animales cuando aún tengan sangre fresca, y la segunda, aquel que derrame sangre de otro hombre verá la suya derramada.

Dios enseñó a Noé a sacrificar los animales según su precepto y le brindó a él y a sus descendientes su protección a cambio de que ellos cumplieran su palabra. Para sellar esa alianza, Dios colocó en el cielo un hermoso arcoíris.

La torre de Babel

En los tiempos en que los descendientes de Noé poblaron la tierra todos hablaban la misma lengua. Hubo un grupo que se estableció en la zona oriental, en Senaar, donde había riqueza natural para vivir cómodamente. Entonces pensaron que, antes de diseminarse por toda la faz de la tierra, deberían construir una ciudad con una alta torre que llegara hasta el cielo, y así dejar huella de su paso por ese hermoso lugar. Y, rápidamente, todos se pusieron a trabajar con entusiasmo, ya que pensaban que con aquella obra lograrían reconocimiento para toda la eternidad.

Dios bajó a la ciudad para ver la torre y pensó:

—Si los hombres construyen esa torre tan alta pensarán que son capaces de hacer cualquier cosa y su soberbia no tendrá límites. Se sienten muy unidos porque todos hablan la misma lengua, pero si no se entendieran, sería imposible que terminaran su torre.

Y he aquí lo que sucedió. Dios confundió la lengua de los hombres de manera que dejaron de entenderse unos con otros y empezaron a dispersarse, yéndose juntos los que hablaban del mismo modo.

Los obreros, artesanos y arquitectos no lograban entenderse ni eran capaces de trabajar juntos. La torre dejó de construirse, se convirtió en ruinas, y la ciudad que los hombres habían pro-

yectado como símbolo de su poder cayó en el olvido. A esa torre inacabada le pusieron de nombre Babel, que significa «confusión», un símbolo de la discordia sembrada entre los hombres, pero también de su orgullo cuando trataron de igualarse a Dios y fueron castigados por ello.

Después del suceso de la torre de Babel, los hombres se dispersaron por el mundo formando los distintos países con sus lenguas y culturas propias.

Abraham y Sara con Isaac

Sem, uno de los hijos de Noé, tuvo un hijo llamado Abram, que estaba casado con Sarai, una mujer estéril que no podía tener hijos, aunque sí tenían un sobrino llamado Lot. Un día, Dios se dirigió a Abram y le dijo:

—Debéis marcharos a la tierra de Canaán, porque yo daré esta tierra a tu descendencia y crearás una gran nación.

Abram obedeció, y junto a su familia, emprendió el viaje, llevándose todas sus riquezas. Sin embargo, una gran hambruna azotó esa tierra y Abram marchó entonces a Egipto. El faraón, enterado de la gran belleza de Sarai, la mandó llamar para llevarla a su palacio y Abram, temeroso, dijo que era su hermana en lugar de su esposa. De este modo, Sarai se quedó en el palacio del faraón, donde el rey pensaba seducirla para convertirla en su esposa, mientras agasajaba a su supuesto hermano con cabezas de ganado.

Dios envió entonces a Egipto unas plagas, porque rechazaba que una mujer casada viviera de ese modo y entonces, el faraón, temeroso de la ira de Dios, la dejó ir junto a Abram con todas las riquezas que había acumulado.

Pasado el tiempo, y viendo que su sobrino Lot tenía tantos rebaños como él mismo, Abram le propuso que cada uno escogiera una tierra donde vivir en paz y sin discusiones de poder, y así Lot se quedó en la vega del Jordán, mientras que Abram continuaba en la tierra de Canaán. Pero Abram se lamentaba de no tener descendencia y, por eso, Sarai le ofreció a su esclava egipcia, Agar, porque así al menos podría tener hijos adoptivos de ella.

Sin embargo, en el momento en el que Agar quedó embarazada, esta comenzó a despreciar a Sarai por su esterilidad y la señora, llena de ira, la maltrató hasta que Agar, desesperada, huyó al desierto. Allí, junto a una fuente, la encontró un ángel de Dios. Sarai le contó al ángel quién era y de dónde venía y él le respondió:

—Vuelve con tu señora y ten a tu hijo, al que llamarás Ismael, porque él tendrá una descendencia grande y numerosa, y será el jefe de una gran nación.

Y así fue, pues con el tiempo, Ismael se convertiría en la cabeza de los ismaelitas, el primer antepasado del pueblo musulmán.

Cuando Abram cumplió los noventa y nueve años se le apareció Dios y le dijo:

—Ya no te llamarás Abram, sino Abraham, que significa «padre de muchas naciones», y tu esposa ya no será Sarai, sino Sara, y a pesar de su avanzada edad y de su esterilidad, yo la bendeciré con un hijo tuyo, al que pondrás por nombre Isaac y que será el padre de los reyes de muchas naciones.

Sacrificio de Isaac

Tal y como había dicho el Señor, un año después, Abraham, que tenía ciento cincuenta años, y Sara tuvieron un hijo al que pusieron por nombre Isaac, que significa «él ha reído». Un día, Dios decidió poner a prueba la fe de Abraham y le dijo:

—Toma a tu único hijo, Isaac, al que tanto amas, y llévatelo a la región de Moria, donde en una montaña me lo ofrecerás en sacrificio.

Abraham no se opuso a las órdenes del Señor; al contrario, obedeció, ensilló su asno, y se dirigió con Isaac al lugar que Dios le había señalado. Una vez allí, recogieron leña y encendieron el fuego. Entonces, el muchacho preguntó a su padre:

—Padre, tenemos la leña, el fuego y el cuchillo para el sacrificio, pero no el cordero, ¿dónde lo conseguiremos?

—Hijo mío, Dios nos proveerá el cordero para el sacrificio –respondió Abraham.

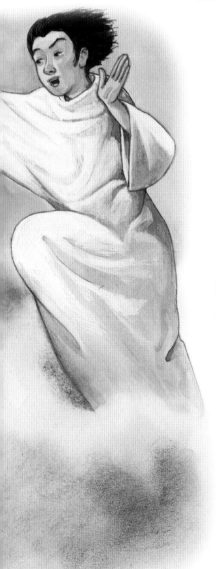

Abraham contruyó un altar en el lugar indicado por Dios, dispuso sobre él el haz de leñas y ató entonces al niño a él, dispuesto a sacrificarlo con su propia mano. La fe que tenía depositada sobre el Señor le hacía ser fuerte y no sentir dolor de corazón. Cuando alzó el cuchillo para sacrificar a su hijo, la voz de un ángel del Señor lo llamó desde el cielo:

—Abraham, Abraham, no pongas tu mano sobre el muchacho ni le hagas ningún daño. Ahora sé que temes a Dios, porque no le has negado ni siquiera a tu único y amado hijo por amor a Él.

Y justo en ese momento Abraham levantó los ojos y vio un carnero que tenía los cuernos enredados en unas ramas. Lo cogió en sus brazos y lo ofreció en sacrificio en lugar de su hijo. Por eso llamaron a este lugar «Dios proveerá» y allí fue donde se originó el dicho «en la montaña, Dios proveerá».

Después, Dios prometió al fiel Abraham colmarle de grandes bendiciones y tener una descendencia tan numerosa como las estrellas del cielo y los granos de arena del desierto.

Isaac, Rebeca, Esaú y Jacob

Cuando Isaac creció, Abraham mandó a un criado a buscar una mujer para su hijo que procediera de su país natal. Entonces el criado marchó a la ciudad de Najor, donde puso a descansar a sus camellos junto a una fuente. Entre las mujeres que acudían a la fuente a recoger agua se encontraba Rebeca, una muchacha muy bella, descendiente de un hermano de Abraham.

—Dame un poco de agua de tu cántaro –le pidió el criado a Rebeca.

Y ella no solo le ayudó a beber, sino que además llenó los bebederos de sus camellos hasta saciar su sed. Sorprendido gratamente por la hospitalidad y bondad de la muchacha, el criado se presentó en su casa y la pidió

por esposa para el hijo de su amo. De este modo, Rebeca llegó a la casa de Abraham, donde se casó con Isaac.

Cuando Abraham murió, Isaac heredó todas sus riquezas, pero su esposa Rebeca no podía tener hijos y por ello Isaac rogó al Señor. Así, Rebeca quedó embarazada de mellizos, que desde el mismo seno de su madre luchaban entre sí. La madre consultó con Dios, que le dijo:

—Llevas en tu seno dos niños que representan dos naciones, uno será más fuerte que el otro y el mayor servirá al menor.

Cuando nacieron, el primero, Esaú, era rubio y tenía la piel cubierta de pelo, mientras que el segundo apareció agarrado al talón de su hermano y lo llamaron Jacob. Esaú se convirtió en un joven hábil para la caza, y como a su padre Isaac le gustaba tanto esta afición, ese era su hijo predilecto. En cambio, Jacob tenía un carácter apacible y por ello era el hijo que Rebeca amaba más.

Engaño de Rebeca a Jacob

Pasó el tiempo, Isaac se hizo viejo y con la edad se quedó ciego. Un día, llamó a Esaú y le pidió que le cazara una pieza y se la cocinara, para que después él pudiera bendecirle como su primogénito y heredero, ya que intuía que podía morir en cualquier momento. Esaú se fue a cazar, dispuesto a cumplir el mandato de su padre, pero Rebeca, que lo había oído todo, habló con Jacob, su hijo predilecto, y le dijo:

—Trae los dos mejores cabritos del ganado, los más tiernos y apetecibles, que yo se los prepararé a tu padre como a él le gusta y te dará su bendición a ti, en lugar de a Esaú.

Jacob se presentó poco después ante Isaac:

—Padre –le dijo–, soy Esaú, tu hijo primogénito, dame tu bendición ahora que te he traído tu alimento.

—¿Cómo has podido cazar la pieza y cocinarla tan rápido? –preguntó sorprendido Isaac.

—Dios me puso delante la pieza de caza –respondió Jacob.

Isaac le pidió que se acercara para comprobar con sus manos que se trataba de Esaú, pero Jacob se había colocado las pieles de los cabritos para parecer velludo como su hermano, de tal manera que el padre, al palparlo, creyó que era Esaú. Engañado, el anciano Isaac dio su bendición a Jacob justo en el momento en que Esaú regresaba de cazar. Al darse cuenta de la traición, Esaú preparó la comida a su padre, se la llevó y le pidió su bendición.

—Ya se la he dado a tu hermano Jacob y aunque la ha obtenido por medio de un engaño es igualmente válida.

Ante la desesperación y las lágrimas de Esaú, Isaac le dijo:

—Vivirás de tu espada y servirás a tu hermano Jacob, pero llegará un día en que te rebelarás.

Esaú guardó desde ese día mucho rencor a su hermano Jacob, de tal manera que se prometió a sí mismo que, el día que muriera su padre, daría muerte a su hermano y así le sucedería. Pero Rebeca intuyó los pensamientos de Esaú y temiendo por la vida de Jacob, le suplicó:

—Vete a la ciudad de Harán, a la casa de mi hermano Labán, hasta que pase suficiente tiempo para que Esaú se tranquilice y te perdone. Después, cuando eso ocurra, yo te mandaré llamar para que regreses.

Y así fue como Jacob emprendió su viaje.

El sueño de Jacob

Cuando la noche se le echó encima, Jacob se detuvo para descansar junto a un gran árbol. Puso algunas piedras amontonadas a modo de almohada y allí se tumbó, quedándose dormido. Entonces tuvo un sueño excepcional que el mismo Dios había puesto en su mente:

Se trataba de una escalinata que partía de la tierra y subía hasta el cielo, por la que subían y bajaban los ángeles de Dios, que le decían:

—Yo soy el Dios de Abraham y el Dios de Isaac, tu padre. Daré a ti y a tu numerosa descendencia la tierra sobre la que estás acostado, yo te protegeré y te haré volver a esta tierra.

Entonces Jacob se despertó y se dijo:

—Esta es la tierra de Dios y yo no lo sabía. Si Dios me protege en mi viaje y puedo regresar sano a la casa de mi padre, esta piedra que coloco aquí será la casa del Señor.

Luego Jacob siguió su viaje y llegó a la casa de su tío Labán, que tenía dos hijas: Lía y Raquel. Jacob sirvió a su tío durante siete años y después desposó a Raquel, pero como Labán vio que la amaba tanto, la noche de bodas le engañó y puso en su lecho a su otra hija, Lía, de manera que Jacob quedó casado con ella.

Pasado esto, Jacob tuvo que trabajar otros siete años para poder casarse con Raquel, su adorada y más querida esposa.

Pero Dios vio que Jacob trataba mejor a Raquel que a Lía y le castigó dejando estéril a Raquel, mientras que Lía y sus otras esclavas concebían hijos de Jacob, hasta un total de diez.

Después de un tiempo y tras escuchar los lamentos de Raquel, Dios se compadeció de ella y le hizo concebir un hijo de Jacob al que llamaron José. Entonces Jacob regresó a la casa de su padre con sus dos esposas, sus esclavas y todos sus hijos.

Reencuentro con Esaú

Cuando Jacob se encontraba cerca de la casa de su padre, acampó y mandó mensajeros con regalos a casa de su hermano Esaú para tratar de ganar su perdón. La noche que pasó en el campamento ocurrió algo extraño: Jacob se quedó solo y luchó con un hombre desconocido al que venció. Este le dijo que nunca más volvería a llamarse Jacob, sino Israel, porque había luchado contra Dios y contra los hombres y había vencido.

Entonces Jacob comprendió que había luchado con el mismo Dios y había salido con vida, y así aceptó llamarse Israel.

Por la mañana se presentó ante Esaú, que le abrazó, olvidando su rencor después de tantos años. Después, Israel regresó al lugar en el que había tenido su sueño y allí, donde había dejado la primera piedra, construyó un altar para agradar a Dios.

Tiempo después, Raquel volvió a concebir un hijo de Israel, pero murió en el parto.

Estos fueron los doce hijos de Israel: de su mujer Lía, nacieron Rubén, Simeón, Leví, Judá, Isacar y Zabulón. De su mujer Raquel, nacieron José y Benjamín. De la esclava Bilhá, nacieron Dan y Neftalí; y de la esclava Zilpá, nacieron Gad y Aser.

José presume de su nueva túnica

Israel amaba a todos sus hijos, pero sentía una inclinación especial por José, porque él era el primer hijo que había tenido con su esposa Raquel, a la que tanto había querido y que ahora no estaba a su lado. Ese hijo nacido ya en su vejez le recordaba mucho a su mujer y además había sido un regalo de Dios y la gran alegría de su madre después de haber sido estéril tantos años.

Por todo ello, Israel hizo un regalo especial a José: le dio una túnica con las mangas largas, bordada y de tela muy especial de preciosos colores, algo que nunca había regalado a sus otros hijos.

Al ver que el padre le amaba más, los hermanos empezaron a sentir envidia, rabia, y finalmente, odio hacia José, de manera que con el paso del tiempo, incluso no le dirigían la palabra.

Cuando José tenía diecisiete años se dedicaba a apacentar los rebaños de su padre. Un día, tuvo un sueño extraño y al despertar, se lo contó a sus hermanos:

—He soñado que estábamos atando ramos de trigo y vuestros ramos se inclinaban hacia el mío. Y también he soñado que el Sol, la Luna y once estrellas se postraban ante mí. ¿Qué querrá decir todo ello?

Los hermanos de José respondieron:

—¿Acaso crees que debemos inclinarnos ante ti, pretendes tenernos bajo tu dominio?

Y a partir de entonces odiaron más a José, pensando que él se creía superior a ellos porque su padre lo amaba más.

La envidia hizo que los hermanos se confabularan para matar a José, de manera que un día que se encontraban lejos de su padre, apacentando los rebaños en Dotán, pensaron en arrojarle a un depósito de agua. Sin embargo, Rubén, el hermano mayor, hijo de Lía, no deseaba la muerte de su hermano y dijo:

—No derramemos sangre de nuestra sangre –pues su intención era devolverlo sano y salvo a su padre.

Sin embargo, los otros hermanos cogieron a José, le quitaron la túnica y lo arrojaron al depósito, que estaba vacío. Mientras estaban sentados comiendo vieron llegar una caravana de ismaelitas que iba a Egipto, y Judá propuso vender a José como esclavo a cambio de veinte monedas de plata. Y así lo hicieron. Después, mataron un cabrito, mancharon con su sangre la túnica de José y se la entregaron a su padre diciéndole que su hermano había sido devorado por un animal salvaje.

José es llevado prisionero

José fue llevado a Egipto por los comerciantes ismaelitas y allí lo vendieron a un eunuco llamado Putifar, que era el capitán de los guardias del faraón. Al poco tiempo de trabajar en la casa, Putifar se dio cuenta de la buena disposición de José, empezó a apreciarlo y lo nombró mayordomo de su casa.

Dios protegía a José y, por amor a él, multiplicó las ganancias de Putifar en poco tiempo y el egipcio confiaba en José y le hacía partícipe de sus asuntos. Pero la mujer de Putifar empezó a desear a José y se le insinuó. José la rechazó por lealtad a su amo, y entonces ella, herida en su orgullo, engañó a Putifar diciéndole que José había intentado propasarse con ella. Putifar creyó a su esposa y mandó detener a José, que fue a parar a la cárcel.

Pero Dios seguía protegiendo a José y lo hizo agradable a los ojos de su carcelero, de manera que le ofreció ser su ayudante y cuidar junto a él de los otros presos. Entre los presos, se encontraban el copero y el panadero del faraón, que habían sido encarcelados por ofender a su rey. Un día, el copero tuvo un sueño y se lo contó a José:

—He soñado que tenía una vid con tres ramas llenas de uvas maduras y que yo exprimía esas uvas en la copa del faraón.

—Las tres ramas de tu sueño –dijo José– simbolizan los tres días que pasarán antes de que el faraón te perdone y te restituya en tu cargo.

De la misma manera, el panadero contó un sueño que tuvo a José:

—He soñado que tenía tres canastas de harina y que los pájaros venían a picotear.

José lo interpretó diciendo que moriría. Lo que había profetizado resultó ser cierto: el copero regresó junto al faraón a su antiguo trabajo y el panadero fue ajusticiado. Por eso el mismo faraón, que tuvo sueños inquietantes, mandó llamar a José para que los interpretara.

—He soñado que siete vacas gordas y bien alimentadas eran devoradas por siete vacas flacas, y también que siete espigas gruesas y sanas eran devoradas por siete espigas delgadas.

José le dijo que las siete vacas gordas y las siete espigas gruesas simbolizaban los siete años de abundancia que tendría Egipto, pero las siete vacas flacas y las siete espigas delgadas eran los otros siete de hambruna y escasez que les seguirían. El faraón, impresionado, dijo:

—Tú serás mi primer ministro y todo mi pueblo te obedecerá. Solo por el trono seré mayor que tú.

Y José mandó acumular la riqueza para superar la escasez, pues todo ocurrió como había dicho.

Los hermanos de José llegan a Egipto

José supo guardar la cosecha de Egipto para que sus habitantes no sufrieran penalidades, pero no ocurrió lo mismo en otros lugares, donde la hambruna obligó a sus habitantes a buscar la comida, de manera que muchas personas comenzaron a llegar a Egipto en busca de víveres. Entre ellos, los hermanos de José, aquellos que le habían vendido siendo casi un niño, decidieron ir en caravana hasta Egipto para proveerse de comida.

Israel era un anciano y decidieron que el más pequeño, Benjamín, se quedara para cuidarle y hacerle compañía, mientras los otros diez emprendieron el viaje por el desierto junto a otras muchas personas que en esos tiempos habían dejado su casa atrás en busca de alimentos.

Cuando los hermanos entraron en Egipto, José los vio y los reconoció, pero ellos no le reconocieron a él, pues lo habían vendido cuando aún era un muchacho y ahora era un hombre adulto. José se acercó a ellos y les preguntó:

—¿De dónde venís? ¿No seréis espías?

—No, señor, venimos de Canaán para comprar trigo y víveres. Nosotros éramos doce hermanos, pero el más pequeño se ha quedado en la casa cuidando de nuestro anciano padre y otro murió hace tiempo, por eso ahora solo puedes ver diez.

—No os creeré hasta que traigáis aquí a ese hermano menor del que habláis —les respondió José—, de manera que uno de vosotros se quedará aquí de rehén hasta que volváis todos juntos.

Reencuentro de José y sus hermanos

José mandó retener a Simeón, mientras los hermanos regresaban a Canaán, pero José también mandó que les llenaran los sacos de trigo y que fueran bien abastecidos durante su viaje. Además, ordenó que metieran monedas de plata en las alforjas de sus camellos, de manera que al verlas, los hermanos recordaron al hermano perdido y se arrepentieron, pues creían que ahora estaban pagando por su pecado.

Cuando llegaron a casa de su padre y le contaron lo ocurrido, él se lamentó diciendo:

—Ya no tengo a José, Simeón está prisionero en Egipto y ahora queréis quitarme a Benjamín.

Pero al final lo convencieron y partieron de nuevo a tierrras del faraon también con Benjamín.

José recibió a sus hermanos en su casa y les ofreció una comida.

—¿Cómo está vuestro anciano padre, vive todavía? –les preguntó.

—Sí, nuestro padre vive con buena salud y hemos traído con nosotros a nuestro hermano menor, Benjamín, este que ves aquí, en prueba de nuestra inocencia.

Entonces José se emocionó y no pudo aguantar más su silencio, de manera que descubrió la verdad:

—Yo soy José, el hermano que vendisteis a los egipcios. No sintáis temor ni remordimiento, porque ahora veo que Dios me envió a mí primero para que pudiera salvaros la vida dándoos víveres durante la hambruna.

Y José y sus hermanos se abrazaron con amor fraternal olvidando el triste pasado que los había separado.

Cuando en Egipto se supo que esa era la familia de José, el faraón mandó traer de Canaán al padre de su primer ministro, pero antes envió todo tipo de riquezas como regalo para él.

—Ahora que te he vuelto a ver puedo morir tranquilo –le dijo Israel a José.

Cuando Israel pudo por fin abrazar a su hijo más querido, aquel que creía perdido, las lágrimas corrieron por sus mejillas.

Israel se quedó a vivir con José y allí pasó sus últimos días. Cuando se sintió próximo a la muerte, mandó venir a todos sus hijos y les dijo su testamento, nombrándoles a todos como las doce tribus de Israel que después se multiplicarían por el mundo, y a José le hizo prometer que no lo enterraría en Egipto, sino que devolvería su cuerpo sin vida a su tierra, junto a la tumba de sus padres. Así se hizo: José y sus hermanos llevaron a Israel a la tierra de Canaán y lo sepultaron junto a Abraham e Isaac. Después volvieron a Egipto y allí vivió José hasta los ciento diez años, habiendo conocido hasta la tercera generación de sus descendientes.

La piedad de las parteras

Muchos años pasaron después de que los doce hijos de Israel llegaran a Egipto y ellos se multiplicaron de gran manera, llegando a ser un pueblo muy numeroso.

Sucedió que en aquel tiempo un nuevo faraón que no había conocido a José accedió al trono y dijo a su pueblo:

—Los israelitas son muchos y podrían llegar a ser más fuertes que nosotros, por eso debemos evitar que se multipliquen tanto.

Y los egipcios oprimieron al pueblo de Israel, lo redujeron a la condición de esclavo de Egipto y forzaron a los israelitas a realizar los peores trabajos.

Los egipcios, además de oprimirlos, les insultaban y les hacían pasar una vida muy amarga con duras fatigas y con la servidumbre de las labores del campo. Eran tratados como esclavos y se despreciaba su vida o su sufrimiento, de manera que los egipcios daban preferencia al bienestar de los animales antes que al de los propios hebreos.

Además de obligarles a vivir así, el faraón dio una cruel orden a las parteras, llamadas Séfora y Fúa, diciéndoles:

—Cuando atendáis a las mujeres hebreas en el parto, mirad bien al bebé: si es un varón, matadlo; dejadle vivir si es una niña.

Así se aseguraba de que los hijos de Israel nunca llegarían a ser un pueblo más numeroso que el suyo.

Pero las parteras eran temerosas de Dios y, apiadándose de las criaturas y de sus madres, dejaron con vida a los varones recién nacidos. Cuando el faraón vio que los israelitas seguían multiplicándose de igual modo, dio una terrible orden a todo su pueblo:

—Los hijos varones de los israelitas serán arrojados al río Nilo nada más nacer.

Y así, muchas familias sufrieron la persecución y la pérdida de sus hijos a manos de los egipcios, que acataban las órdenes del faraón.

La hija del faraón y Moisés

Una de aquellas mujeres hebreas, descendiente de la familia de Leví, tuvo un hermoso niño al que mantuvo escondido durante tres meses. Pero el bebé crecía y cada vez le resultaba más difícil esconderlo, y a su vez, tampoco tenía valor para matarlo, así que hizo una cesta de mimbre y la cubrió con una capa impermeable de pez. Después, colocó a su hijo dentro y la depositó entre los juncos, a las orillas del río Nilo. La madre se marchó, pero una de sus hermanas se escondió entre la vegetación para ver qué sucedía con el pequeño.

Resultó que la hija del faraón había ido al río a bañarse con sus doncellas y pudo escuchar los gorjeos del bebé. Al divisar la cesta, mandó a sus sirvientas que se la trajeran.

Al ver al niño, la egipcia se conmovió y a pesar de sospechar de que se trataba de uno de los hijos de los

hebreos, aquellos a los que su padre había ordenado matar,
quiso salvarlo y quedarse con él. Entonces salió la hermana
que estaba escondida y le dijo a la hija del faraón:

—¿Quieres que busque una nodriza hebrea que pueda criarlo?

Ella accedió y el bebé fue entregado a su verdadera madre y criado
por ella durante un tiempo. La misma hija del faraón le pagaba por eso sin
ni siquiera saberlo. Cuando creció, el niño fue devuelto a la hija del faraón,
que le llamó Moisés, que significa «salvado de las aguas».

Moisés ante la zarza en llamas

Cuando Moisés creció, poco a poco se dio cuenta de la opresión del pueblo de Israel y sintió tristeza por el destino de sus hermanos. Un día, presenció cómo un egipcio maltrataba terriblemente a un hebreo y para defenderle, mató al egipcio, escondiendo después su cuerpo en la arena. Cuando el faraón se enteró de este suceso, mandó buscar a Moisés, pero él ya había huido al país de Madián.

Allí encontró a unas muchachas que apacentaban los rebaños de su padre pacíficamente hasta que llegaron unos pastores que las amenazaron; entonces Moisés salió en su defensa. Las muchachas eran hijas del sacerdote de Madián que, como premio a su valor, le llevó a vivir a su casa y tiempo después le concedió poder casarse con una de sus hijas, de nombre Séfora, con la que tuvo hijos.

Moisés se dedicaba a apacentar los rebaños de su suegro, pero un día que estaba con el ganado vio a lo lejos una zarza en llamas que nunca parecía consumirse. Sorprendido ante tal prodigio, Moisés se acercó y entonces escuchó la voz de Dios:

—Moisés, yo soy el Dios de tu padre, el Dios de Abraham, el Dios de Isaac y el Dios de Jacob. He visto la opresión de mi pueblo en Egipto y su sufrimiento, por eso te mando que vayas a ver al faraón y le pidas que libere a los israelitas.

—El faraón no me escuchará y además puede que mi pueblo no me crea –contestó Moisés.

—No, pero entonces yo enviaré mi castigo y el faraón tendrá que liberar a los israelitas. El pueblo te creerá cuando les enseñes esto.

Y el Señor le mostró a Moisés un bastón y después se lo dio diciéndole que lo tirara al suelo.

Moisés y Aarón ante el faraón

Moisés obedeció y el bastón se transformó en una serpiente y de nuevo en un bastón al volver a recogerlo del suelo por su cola.

—Ahora mete tu blanca mano en tu pecho y vuelve a sacarla.

Y otra vez ocurrió un maravilloso prodigio: la blanca mano de Moisés se transformó en una mano enferma de lepra.

—Vuelve a colocarla en tu pecho y será de nuevo blanca y sana –añadió el Señor–. Y por último, te daré el poder de transformar el agua del río en sangre y así tanto los israelitas como los egipcios sabrán que eres el enviado de Dios y no serán incrédulos.

Pero a pesar de todos los prodigios que había visto, Moisés desconfiaba de su capacidad para hablar, pues se consideraba torpe en su manera de expresarse, así que Dios dispuso que su hermano Aarón, más ágil verbalmente, le acompañara.

Cuando llegaron a Egipto, Aarón reunió a los ancianos de los hijos de Israel y los tranquilizó, diciéndoles que Dios había prometido liberarlos de la esclavitud. Y, para que les creyesen, Moisés realizó algunos prodigios en su presencia. Después, ambos hermanos se presentaron ante el faraón y le dijeron:

—Así habla el Señor, Dios de Israel: deja partir a mi pueblo para que celebre en el desierto una fiesta en mi honor.

Pero el faraón contestó:

—¿Quién es ese Señor? No lo conozco ni le rindo pleitesía y no dejaré partir al pueblo de Israel.

Y así, el faraón todavía impuso más trabajos y penalidades a los hijos de Israel.

Viendo lo que había pasado, dijo Moisés:

—Señor, ¿para qué me has enviado? ¿Por qué maltratas más a tu pueblo?

Pero Dios le respondió que volviera a hablar con el faraón y no desesperara, pues al final obtendría con creces su castigo.

Por segunda vez, Moisés y Aarón se presentaron ante el faraón. En esta ocasión quisieron mostrar la fortaleza del Señor con el prodigio del bastón, de manera que lo arrojaron al suelo y se transformó en serpiente. Entonces el faraón mandó llamar a los brujos y hechiceros, que con sus artes, lograron convertir otros bastones en serpientes; sin embargo, la serpiente de Moisés devoró a todas las demás. Aun así, el faraón no escuchó a Moisés y no dejó partir a su pueblo.

Las plagas de Egipto

Por orden de Dios, Moisés golpeó las aguas del Nilo con su bastón y al instante se transformaron en sangre, de manera que el río y también los canales, fuentes y depósitos quedaron teñidos de rojo, las personas no podían beber, murieron los peces y un olor pestilente recorría el país. Dios pidió entonces a Moisés que volviera a presentarse ante el faraón y le amenazara

con una plaga de ranas. Así lo hizo Moisés pero el faraón no consintió en liberar al pueblo de Israel.

Entonces una multitud de ranas invadió Egipto, hasta en la cama del faraón se metieron, pero eso no ablandó el corazón del rey. Envió entonces el Señor la tercera plaga y nubes de mosquitos atacaron a los animales y las personas, y lo cubrieron todo pero el faraón no liberó al pueblo de Israel. La cuarta plaga fue una invasión de moscas, pero a pesar de sus promesas para verse liberado de los insectos, el faraón no cumplió su palabra y no dejó ir a los israelitas.

Una vez tras otra, el faraón prometió liberar al pueblo de Israel para que cesaran las plagas, que en total fueron diez: la quinta fue una peste que hizo morir al ganado de Egipto, pero dejó con vida las reses de los israelitas; la sexta produjo úlceras en hombres y animales; la séptima fue un granizo que con gran fuerza, como si de piedras se tratase, destruyó toda la cosecha; la octava fue una invasión de langostas que terminaron de devorarlo todo y destrozar lo poco que se había salvado del granizo; la novena cubrió el cielo egipcio de tinieblas como si una larga noche se hubiera echado sobre la población durante tres días. El faraón tuvo mucho miedo pero siguió sin ceder.

Por fin, la décima plaga, sin duda, fue la peor de todas: a medianoche murieron todos los primogénitos en la tierra de los egipcios, desde el primogénito del faraón, sucesor del trono, hasta el primogénito de la esclava olvidada y los primogénitos de las bestias.

Se escuchó un clamor terrible en todo Egipto, como nunca hubo otro, ni lo habrá jamás. Y si todos los hijos primogénitos de los egipcios murieron, en cambio no los de los israelitas, porque Dios mandó que esa noche cada familia sacrificara un cordero en su honor y manchara con su sangre el dintel de su puerta, una señal para que la muerte pasara de largo. Esta costumbre permanece todavía entre los cristianos y es la Pascua.

El Éxodo

Era todavía de noche cuando el faraón, viendo la desgracia que había sucedido en todas las casas e incluso en la suya, habló así a Moisés y Aarón:

—Marchaos todos los israelitas, vosotros y vuestras mujeres. Podéis llevar también a vuestros niños con vosotros, os podéis ir con todo vuestro ganado libremente para dar culto a vuestro Dios.

Porque por fin el corazón del faraón se había ablandado y lo que no consiguieron los muchos prodigios del Señor, lo consiguió el dolor de haber perdido a su hijo y heredero.

Y los israelitas partieron de Egipto con sus familiares y su ganado, después de haber pasado cuatrocientos treinta años en esas tierras.

Se abren las aguas

Cuando los israelitas ya habían salido de Egipto, el faraón cambió de opinión. «¿Qué hemos hecho? –meditaba–. Dejando salir a los israelitas, nos hemos quedado sin esclavos». Y entonces mandó perseguir a Moisés y los suyos alistando a todas sus tropas. Seiscientos carros escogidos con tres soldados en cada uno y el mismo faraón conduciendo su propio carro de guerra, formaron un ejército temible que persiguió al pueblo de Israel y lo alcanzó cuando estaba acampado junto al mar Rojo. Los israelitas, al ver al furioso ejército egipcio, gritaron de pavor:

—¿No había tumbas en Egipto para que nos trajeras a morir en el desierto? Pero Dios le ordenó a Moisés:

—Mantén el bastón que te di en alto y extiende tu mano sobre el mar y este se dividirá en dos, dejando pasar al pueblo a pie entre sus aguas.

Moisés obedeció al Señor y en cuanto extendió su mano, un fuerte viento desplazó las aguas y las dividió, dejando un camino de tierra seca entre ellas por el que podían cruzar caminando. Los israelitas comenzaron a cruzar teniendo a cada lado dos murallas de agua de mar que de forma prodigiosa quedaban contenidas. Cuando el pueblo hebreo terminó de cruzar, los soldados egipcios se lanzaron en su persecución, pero Moisés volvió a alzar su mano y entonces las aguas se cerraron estrepitosamente llevando hasta las profundidades carros, caballos y hombres, de modo que el ejército egipcio pereció ahogado y no sobrevivió ni siquiera uno solo.

Los Diez Mandamientos

En su peregrinaje, el pueblo de Israel estuvo asistido por Dios, que convirtió las amargas aguas de la región de Mará en agua dulce. El Señor les envió también el maná del cielo, una fina harina blanca que, a modo de rocío, cubría su campamento para que tuvieran una ración de pan. Del mismo modo, Dios envió codornices para que pudieran comer carne. Cuando llegaron al desierto del Sinaí, el bastón de Moisés hizo brotar el agua de una piedra. Dios siempre protegía a su pueblo y este reconocía su infinita bondad con los hombres.

Dios llamó entonces a Moisés y en el monte Sinaí le dio sus leyes para que los hombres las cumplieran. Estos son los Diez Mandamientos de la Ley de Dios:

Amarás a Dios sobre todas las cosas.

No tomarás el nombre de Dios en vano.

Santificarás las fiestas.

Honrarás a tu padre y a tu madre.

No matarás.

No cometerás actos impuros.

No robarás.

No dirás falso testimonio ni mentirás.

No consentirás pensamientos ni deseos impuros.

No codiciarás los bienes ajenos.

El primer templo con el Arca

Además de los Diez Mandamientos, Dios entregó a Moisés unas tablas de piedra en las que venían reflejadas las normas por las que debía regirse el pueblo para vivir en orden y en paz, distinguiendo lo bueno de lo malo y respetando por encima de todo la palabra de Dios, pero también la vida de los que les rodeaban.

Dios comunicó así cuáles serían los delitos más castigados, por ejemplo matar a otro hombre o maltratar al padre o a la madre, pero también qué les esperaba a los que cometieran delitos menores. Las leyes incluían enseñanzas como por ejemplo el deber de auxiliar a los extranjeros, viudas y huérfanos y el descanso el séptimo día de la semana para dedicarlo a dar gracias al Señor.

En el monte Sinaí, Dios también le dio a Moisés las instrucciones para que construyera un lugar en el que realizar ofrendas en su honor:

—Deseo que hagas un arca de madera que recubrirás de oro por dentro y por fuera y le pondrás cuatro argollas

también de oro, dos en cada lado. Luego, construye unas andas de madera revestida en oro que pasarán por las argollas para poder trasladar el arca. En el interior del arca coloca las tablas de la ley que te he dado. Luego confecciona una tapa con dos querubines de oro puro y una mesa de madera revestida en oro, así como platos y vasos de oro con los que hacer todas las ofrendas.

También le mandó Dios hacer un candelabro de siete brazos de oro puro y un santuario con diez cortinas de lino, once cubiertas de pelo de cabra y un rico velo.

Llegada a Canaán

ientras Moisés permanecía en el monte Sinaí escuchando las instrucciones de Dios, el pueblo se levantó contra Aarón al ver que Moisés tardaba tanto tiempo en regresar. Desconfiaban del Dios de Moisés, del que hacía tiempo que no recibían noticias y deseaban tener otro Dios al que adorar. Por ese motivo construyeron una escultura que representaba un becerro de oro, y para hacerla fundieron todas las joyas y adornos que tenían.

Luego colocaron un altar y ante el becerro hicieron sacrificios y ofrendas y celebraron una fiesta en su honor con bailes, cánticos y los mejores alimentos que tenían.

Cuando Moisés bajó y vio todo aquello se enfureció y arrojó a los pies del monte las tablas de la ley que había recibido de Dios. A continuación, destruyó el becerro de oro y suplicó a Dios el perdón para su pueblo, que estaba perdido y desorientado.

El Señor aceptó la intercesión de Moisés, de manera que permitió a los israelitas seguir su camino, pero también predijo:

—Llegará el día en el que los hombres paguen por este pecado y mi venganza caerá sobre ellos.

Los israelitas siguieron su camino hasta llegar a las proximidades de Canaán. Un día, Moisés mandó a doce hombres a explorar esa tierra antes de que llegaran todos los demás, ya que quería saber si sus habitantes eran muy numerosos y si estaban bien armados o no, porque ignoraba cómo iban a recibir a los israelitas, que deseaban esa tierra de Canaán para establecerse según los preceptos de Dios. Los exploradores obedecieron sus órdenes y diez de ellos regresaron diciendo que aquella tierra era yerma y no merecía la pena luchar por su conquista, porque tenían miedo de enfrentarse a sus habitantes.

Josué y Caleb

in embargo, dos exploradores, llamados Josué y Caleb, dijeron la verdad: que aquel pueblo poseía gran riqueza, abundancia de alimentos y mucha belleza, pero que sus ciudades estaban bien fortificadas con murallas tan altas y bien guardadas que ni siquiera un poderoso ejército podría asaltarlas. Pero Josué, un hombre justo y temeroso de Dios, dijo:

—A pesar de que ellos están bien armados y preparados para vencer en cualquier batalla, nosotros estamos protegidos por el Señor y por tanto no

debemos temer nada. Enfrentémonos a ellos y conquistemos la tierra que Dios nos ha señalado como nuestra.

Pero los israelitas se dejaron vencer por su cobardía y no escucharon las palabras de Josué, ni tampoco las de Caleb o Moisés.

Al ver el desaliento de su pueblo y la poca fe que tenía en Dios a pesar de haber estado siempre protegido por Él, el Señor se enfureció:

—Castigaré a esta generación, de manera que ninguno de ellos, excepto Josué y Caleb, que fueron fieles a Dios, verá nunca la tierra que prometí a vuestros padres. Marchaos de nuevo al desierto, junto al mar Rojo, y allí pagaréis por vuestro pecado.

Así castigó Dios al pueblo a vivir durante cuarenta años en el desierto, errante, sobreviviendo sin tener una casa, por haber desconfiado de su palabra y no haber seguido sus instrucciones.

El sucesor de Moisés

Durante esos años, Dios mandó a Moisés volver a labrar dos tablas de piedra iguales a las que había roto de rabia después del episodio del becerro de oro, y también una nueva arca de madera. El Señor escribió los mandamientos que había dado a los hombres y Moisés guardó las tablas de la ley en el Arca, cumpliéndose de ese modo por fin la palabra de Dios.

Los israelitas vagaron por el desierto, pero ahora escuchaban la palabra de Dios que Moisés les transmitía, aprendieron todas las normas que el Señor les había dado y aprendieron a cumplir su pacto con Él mientras esperaban el momento de entrar en la tierra prometida.

En el desierto murió Aarón y también Moisés, pero antes de su muerte delegó en Josué el cargo que Dios le había dado para guiar al pueblo. Moisés puso sus manos sobre la cabeza de Josué y el pueblo aceptó su mandato. Después, Moisés murió, pero siempre fue recordado como el mayor profeta, aquel que conoció a Dios y habló con Él cara a cara. Aquel que habló al pueblo con las sabias palabras de Dios. Aquel que se enfrentó al poderoso faraón y sacó a su pueblo de la esclavitud, pero que no pudo pisar la tierra prometida. Desde entonces, los israelitas siguieron a Josué. Dios le pidió que fuera valiente y que nunca dejara de esforzarse, porque Él le protegería.

Caen las murallas de Jericó

Por orden de Dios, Josué mandó a su pueblo cruzar el río Jordán, que partió sus aguas para dejarle pasar. Una vez al otro lado, acamparon en Gilgal, en la llanura de Jericó, y esa noche anterior a la conquista de la tierra prometida, cesó el maná, ya no hubo más alimento celestial y el pueblo comenzó a comer los productos de la tierra.

Josué ordenó a los sacerdotes que llevaran el Arca de la Alianza y que siete de ellos portaran otras siete trompetas que irían sonando delante del Arca. Dieron una vuelta completa a las murallas de Jericó de este modo y después regresaron a dormir a su campamento. Todo esto lo repitieron durante seis días y seis noches, y el séptimo día dieron siete vueltas a la ciudad y entonces el muro se derrumbó y el pueblo de Israel pudo conquistar la ciudad.

Durante mucho tiempo después, Josué fue el general que condujo a los israelitas a la victoria en la conquista de toda la tierra de Canaán, venciendo a todos los reyes desde las montañas hasta los valles, y así se cumplió la palabra de Dios y el pueblo de Israel se estableció en la tierra prometida.

La persecución de los madianitas

Mientras vivió Josué, los israelitas vivieron en paz en la tierra de Canaán, pero al morir, el pueblo comenzó a olvidar la palabra de Dios, de nuevo cayeron en el pecado e irritaron al Señor con su mal comportamiento. Entonces Dios los castigó a sufrir la persecución del pueblo de Madián durante siete largos años. Cada vez que Israel sembraba el campo, los madianitas, que eran muy numerosos y montaban en camellos, destrozaban todo lo cultivado. Del mismo modo que la langosta cae sobre la cosecha, así caía el pueblo de Madián, arrollando a su paso no solo lo plantado, sino también las cabezas de ganado, y de este modo el pueblo de Israel vio su tierra devastada y se quedó sin nada con lo que alimentarse.

Por temor a los madianitas, los israelitas se escondieron en las montañas y buscaban cuevas en las que resguardarse. Vivían atemorizados y entonces, de nuevo, suplicaron a Dios:

—Ayúdanos o nuestros hijos morirán de hambre y no tendrán fuerzas ni siquiera para adorar al Señor.

Dios les contestó:

—Yo os ayudé a escapar de la esclavitud de Egipto, yo os liberé de todos los que os oprimían y os entregué la mejor tierra para vivir, pero me desobedecisteis y ahora tenéis vuestro castigo.

Gedeón vence a los madianitas

Sin embargo, Dios se conmovió por el sufrimiento de su pueblo y envió entre ellos un ángel a hablar con Gedeón, un granjero de humilde familia que era además el menor de todos los hermanos. El ángel le habló así:

—Dios está contigo, valiente guerrero. Tú derrotarás a los madianitas como a un solo hombre.

En el lugar en que le había hablado el ángel, Gedeón edificó un altar para dar gracias a Dios.

Gedeón escogió entonces trescientos guerreros entre todo el pueblo y bajó hasta el valle donde estaban acampados los madianitas. Dividió a su ejército en tres escuadrones y les dio a todos cornetas y un cántaro vacío en cuyo interior ardía una tea encendida. Armados de esta manera singular, Gedeón les habló:

—Haced todo lo que yo haga; cuando yo toque la corneta, tocad también todos vosotros, los que estéis a mi lado y los que os quedéis alrededor del campamento. Y después gritad: «¡Por Jehová y por Gedeón!».

Así, Gedeón y una escuadra de 100 hombres entraron por las afueras del campamento y a su orden, tocaron las cornetas sujetándolas con la mano derecha; luego rompieron los cántaros y cogieron las teas con la mano izquierda y se pusieron a gritar.

Después, los otros dos escuadrones hicieron lo mismo alrededor del campamento y los madianitas, asustados, huyeron de forma desordenada, de tal manera que Gedeón pudo atrapar a los jefes que los mandaban y perseguir a todo su ejército hasta el otro lado del Jordán. Después de esa victoria, pasaron cuarenta años de paz bajo el gobierno de Gedeón, que fue nombrado juez. Gedeón tuvo muchas mujeres y dejó tras su muerte setenta hijos.

Sansón lucha con el león

Tras la muerte de Gedeón, los israelitas volvieron a desobedecer a Dios y él volvió a castigarlos, abandonándolos en mano de los filisteos durante cuarenta años. Pero de nuevo Dios se compadeció de ellos y envió un ángel a anunciar su salvación. El ángel se presentó en la casa de Manué, un hombre justo casado con una mujer que era estéril.

—Concebirás un hijo a pesar de ser estéril –le dijo el ángel–. No deberá cortarse nunca el pelo y liberará al pueblo de Israel de su opresión.

Así sucedió: la mujer dio a luz un niño al que llamaron Sansón, que creció excepcionalmente fuerte y valiente. Cuando era ya un joven, un día que estaba en la región de Timná observó a una mujer filistea que le atrajo mucho y, a pesar de las quejas de sus padres, insistió en casarse con ella. Cuando regresó a buscarla, le salió al paso un león, pero Sansón se enfrentó a él y tan solo con la fuerza de sus manos lo mató como a un tierno cabrito. En el interior del león se formó un enjambre de abejas con un panal de miel, que Sansón comió y después recogió para sus padres, que también la comieron, aunque no les dijo de donde procedía.

Durante el convite, Sansón propuso un acertijo a los jóvenes invitados:

—Si lo descifráis durante los siete días que dure el banquete, os daré treinta vestidos y túnicas, pero si no, me los daréis vosotros a mí. Este es el acertijo: «Del que come salió comida y del fuerte, dulzura» –dijo Sansón.

Los filisteos no acertaban con la solución y pidieron a la mujer que se la sonsacase. La muchacha, llorando, pidió a su marido que le dijera la respuesta si de verdad la amaba y Sansón se la confió, pero ella le traicionó y se la contó a los filisteos. Sansón, encolerizado, mató a treinta hombres, les despojó de sus vestidos y con ellos pagó su deuda. Luego volvió a casa de sus padres y la mujer, creyendo que la había abandonado, se casó con otro hombre.

Sansón derrumba las columnas

Al enterarse de que la que iba a ser su mujer se había casado con otro, Sansón prometió vengarse de los filisteos. Para ello, cazó trescientos chacales, ató teas encendidas a sus colas y los soltó por los campos de cultivo

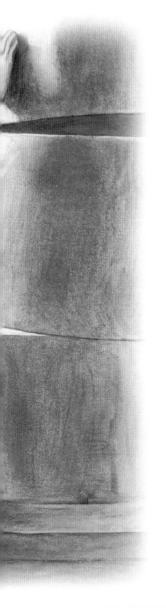

de los filisteos, que se incendiaron, perdiéndose toda la cosecha, y hasta las viñas y también todos los olivares. Cuando los filisteos se enteraron del suceso, mataron a los padres de Sansón, de manera que sus deseos de venganza fueron aún mayores y, en cuanto tuvo la oportunidad, atacó a los filisteos con un hueso de la mandíbula de un asno, matando a mil de ellos de un solo golpe. Después de semejante hazaña, que liberó a muchos israelitas del yugo de los filisteos, Sansón fue nombrado juez de Israel y gobernó durante veinte años, en tiempos revueltos en los que se sucedieron las guerras contra los filisteos.

Tiempo después, Sansón volvió a casarse con una mujer llamada Dalila, a la que amaba con pasión. Los filisteos hablaron con Dalila y le prometieron una gran recompensa en monedas de plata si lograba enterarse de cuál era el secreto de la fuerza sobrehumana de Sansón. Así, Dalila engañó a Sansón con caricias hasta que él le contó su secreto:

—Estoy consagrado a Dios desde antes de mi nacimiento y por eso nunca me han cortado el pelo. Si me raparan la cabeza, perdería toda mi fuerza y sería como los demás hombres.

Los filisteos llevaron a Dalila el dinero prometido y, cuando Sansón se durmió, Dalila le cortó su cabellera y así pudieron atraparlo los filisteos y encerrarlo en la cárcel. Para mofarse de él, lo llevaron al edificio donde más de tres mil filisteos se habían reunido a celebrar su victoria. Allí, atado entre dos columnas, Sansón imploró:

—Señor, acuérdate de mí y devuélveme mi fuerza solo por esta vez, y muera yo junto a los filisteos si es necesario.

La fuerza de Dios regresó a Sansón, que sacudió fuertemente las columnas haciendo que todo el edificio se desplomara, sepultando a cuantos estaban dentro, incluido el propio Sansón, que pudo liberar a su pueblo del dominio de los filisteos.

Rut trabaja en la cosecha

En la época en la que Israel fue gobernada por jueces, hubo un periodo de sequía que empobreció a sus habitantes y muchos tuvieron que marcharse a países extranjeros. Ese fue el caso de un hombre llamado Elimélec, su mujer, Noemí, y sus dos hijos, que tuvieron que establecerse en los campos de Moab. Allí los hijos se casaron con dos mujeres moabitas, Orfa y

Rut. Pero sucedió que Elimélec y sus hijos murieron y la viuda Noemí dejó libres a sus nueras para regresar con sus padres. Orfa se marchó, pero Rut se quedó con Noemí y las dos juntas regresaron a la ciudad de Belén, justo en el momento en que se recogía la cosecha.

Rut comenzó a caminar detrás de los segadores para recoger las espigas que ellos desechaban y así tener algo que comer. Pero esos campos pertenecían a Booz, un pariente rico del marido de Noemí que, al ver a Rut, se conmovió y le dijo:

—Me han contado que dejaste tu país y tu familia para seguir a tu suegra y que trabajas recogiendo lo que otros desprecian para sostenerla. Para recompensarte, puedes quedarte en mis campos recogiendo lo que necesites hasta que acabe la cosecha y comer junto a mis segadores.

Así pasó el tiempo y Noemí, que quería premiar a su bondadosa nuera, ofreció a Booz la herencia de su familia, en la que se incluía a Rut. De ese modo, Booz se casó con Rut y tuvieron un hijo, Obed, que a su vez fue el padre de Isaí, que a su vez tuvo como hijo al rey David, cuya historia veremos más adelante.

Ana lleva a Samuel ante Helí

En esa misma época, hubo un hombre que tenía dos mujeres. Una de ellas tenía hijos, pero la otra, llamada Ana, era estéril y por eso iba al templo a rezar. Un día, se presentó ante el sumo sacerdote Helí y dijo:

—Si Dios me diera un hijo, yo se lo consagraría para siempre y renunciaría a él para dárselo.

Y el Dios de Israel se acordó de ella, y Ana tuvo un niño, al que llamó Samuel. A los pocos días de nacer, llevó al pequeño ante Helí y se lo entregó diciendo:

—Dios me bendijo con este hijo y yo cumplo mi promesa y se lo entrego al Señor.

Samuel quedó bajo la custodia de Helí, pero Dios premió la generosidad de Ana y le concedió tener otros tres niños y dos niñas mientras Samuel crecía en la casa de Helí.

Una noche, Dios habló a Samuel y le profetizó que los hijos de Helí morirían como castigo a los muchos pecados que habían cometido. Los jóvenes, lejos de amar y honrar al Señor, se burlaban de los ritos sagrados y se aprovechaban de los creyentes que iban a ofrecer un sacrificio, quedándose con su ofrenda.

Y así sucedió: en una de las batallas que hubo contra los filisteos, robaron el Arca de la Alianza y mataron a los hijos de Helí tal y como anunció el Señor, y el sumo sacerdote cayó muerto también después de recibir la noticia.

Los filisteos trasladaron el Arca al templo dedicado a su dios Dagón y la colocaron ante su estatua. A la mañana siguiente encontraron al dios tirado en el suelo boca abajo y, aunque lo volvieron a colocar en su lugar, a la mañana siguiente lo encontraron nuevamente en el suelo con la cabeza y las manos rotas.

Dios envió, entonces, una plaga de ratones contra los filisteos y, aunque trasladaban el Arca de un lugar a otro, los ratones les perseguían a todos lados, causándoles enfermedades y comiéndose su comida, hasta que un día, desesperados, devolvieron el Arca. Entonces Samuel habló al pueblo:

—Si de todo corazón creéis en el Señor, sacad de entre vosotros a los dioses ajenos y servidle solo a Él y entonces os liberará del poder de los filisteos.

Y así sucedió: Israel se encontró libre de los filisteos y Samuel gobernó como juez toda su vida.

Samuel con Saúl

Cuando Samuel ya era un anciano, el pueblo le pidió que eligiera a un rey justo y sabio que lo gobernara cuando él muriera. Entonces Samuel lo consultó con Dios, que le dijo:

—Da al pueblo lo que pide, pero avísales antes del poder que tendrá ese rey sobre ellos.

Así que Samuel reunió al pueblo y le habló:

—El rey que reclamáis destinará a vuestros hijos para su ejército y para cultivar sus campos; podrá exigir que vuestras hijas trabajen para él como cocineras; os podrá quitar vuestras tierras y tendréis que pagarle los impuestos. Pero si a pesar de todo queréis un rey, entonces debo avisaros de que el día en que os levantéis contra él, Dios no responderá por vosotros.

Pero el pueblo no se convenció y siguió reclamando un rey. Y Dios pidió a Samuel que ungiese rey a Saúl el preferido del Señor para encabezar el pueblo de Israel y luchar contra los filisteos.

Samuel convocó luego al pueblo y dijo a los hijos de Israel:

—Esto es lo que dice el Señor, Dios de Israel: «Yo saqué a Israel de Egipto, y os libré de las manos de todos los reyes que os oprimían, pero vosotros habéis pedido un rey que os gobierne. Pues bien, este es el elegido del Señor. ¡Viva el rey!».

Y después expuso la ley de la monarquía, y la escribió en un libro que depositó en el templo para que todos los habitantes tuvieran presente desde ese momento el poder que el rey iba a tener sobre el resto de los ciudadanos.

Y así quedó Saúl designado como el primer rey de Israel, el que comenzó de nuevo la guerra contra los filisteos y siempre salía victorioso. Sin embargo, Saúl desobedeció a Dios y Él se arrepintió de haberle hecho soberano de Israel y por eso, en secreto, decidió que otro ocuparía el puesto de rey.

David y Goliat

Durante las guerras de Saúl contra los filisteos, existía entre los enemigos un hombre llamado Goliat de estatura descomunal, casi un gigante, y de fuerza extraordinaria que atemorizaba a los israelitas. Un día, Goliat retó al ejército de Saúl:

—Elegid a uno de vosotros para enfrentarse a mí en una lucha singular. Si es capaz de vencerme, nosotros los filisteos seremos esclavos de Israel, pero si gano yo, entonces Israel servirá a los filisteos.

Saúl y todos los israelitas, oyendo tal desafío, quedaron asombrados y llenos de miedo sin saber quién podría enfrentarse a ese gigante y creyéndose perdidos, pues nadie se atrevía a enfrentarse a Goliat, ni siquiera los soldados más valientes y forzudos. Sin embargo, el hijo de un pastor descendiente de Booz y Rut, de nombre David, fue el único con valor suficiente para presentarse ante Goliat y lo hizo sin armadura, simplemente armado con una honda y cinco piedras que recogió del suelo. Al ver que se presentaba así, Goliat se burló de su debilidad, pero David disparó una piedra certera con su honda, que quedó clavada en la frente de Goliat, matándole al instante.

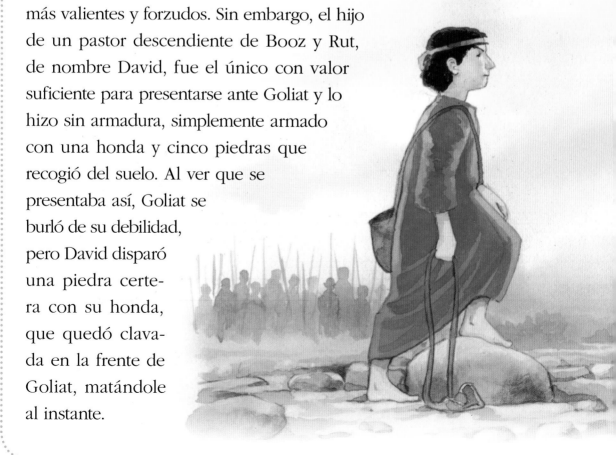

David fue entonces aclamado por todos y era uno de los mejores amigos de Jonatán, el hijo del rey Saúl. Sin embargo, al notar la admiración del pueblo por David, Saúl comenzó a sentir envidia y celos, porque notaba que le amaban más a él que a su rey. Entonces Saúl ofreció a David a su hija Micol como esposa, con la condición de que matara doscientos filisteos. Pensaba que era imposible que lo consiguiera, pero David regresó victorioso y se casó con Micol, de manera que Saúl odiaba cada vez más a David, hasta el punto de que lo mandó matar. Micol le avisó a tiempo para que escapara y David se mantuvo escondido mucho tiempo, pero aunque tuvo la oportunidad, nunca quiso vengarse y matar a Saúl, porque se lo había prometido a su amigo Jonatán.

David es proclamado rey

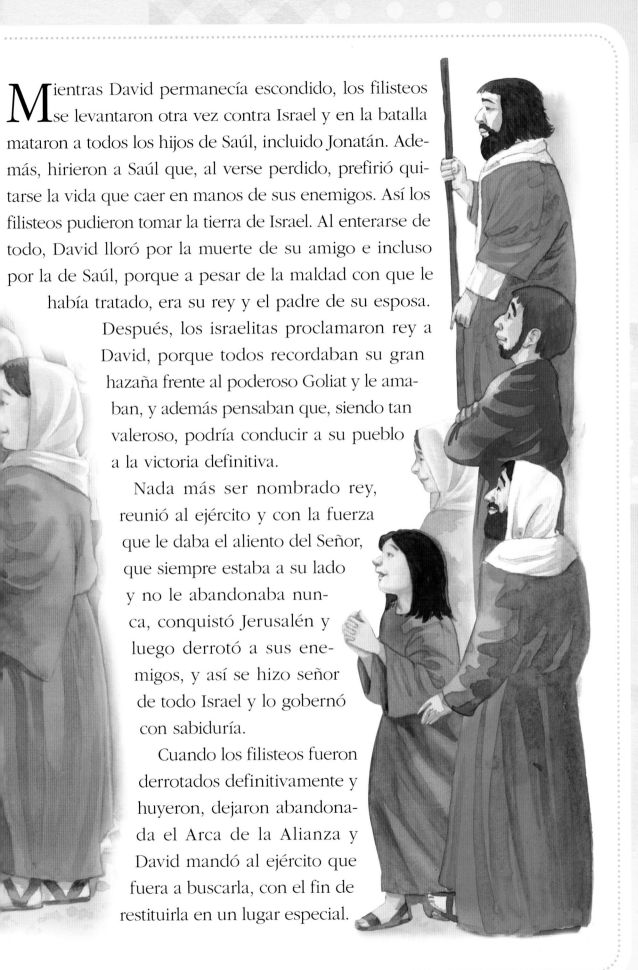

Mientras David permanecía escondido, los filisteos se levantaron otra vez contra Israel y en la batalla mataron a todos los hijos de Saúl, incluido Jonatán. Además, hirieron a Saúl que, al verse perdido, prefirió quitarse la vida que caer en manos de sus enemigos. Así los filisteos pudieron tomar la tierra de Israel. Al enterarse de todo, David lloró por la muerte de su amigo e incluso por la de Saúl, porque a pesar de la maldad con que le había tratado, era su rey y el padre de su esposa.

Después, los israelitas proclamaron rey a David, porque todos recordaban su gran hazaña frente al poderoso Goliat y le amaban, y además pensaban que, siendo tan valeroso, podría conducir a su pueblo a la victoria definitiva.

Nada más ser nombrado rey, reunió al ejército y con la fuerza que le daba el aliento del Señor, que siempre estaba a su lado y no le abandonaba nunca, conquistó Jerusalén y luego derrotó a sus enemigos, y así se hizo señor de todo Israel y lo gobernó con sabiduría.

Cuando los filisteos fueron derrotados definitivamente y huyeron, dejaron abandonada el Arca de la Alianza y David mandó al ejército que fuera a buscarla, con el fin de restituirla en un lugar especial.

El Arca de Dios llega a Jerusalén

De ese modo, David decidió construir un nuevo templo en el que pudiera reposar el Arca, porque no era bueno que estuviera tan solo protegida por unas pieles, en una humilde carpa que hasta entonces se trasladaba de un lado a otro, mientras que él vivía en un palacio.

Pero Dios aún no deseaba que sucediera esto, de manera que envió a un profeta a decir que David no sería el encargado de levantar la casa del Señor, sino uno de sus hijos.

En cierta ocasión, David se enamoró de Betsabé, una mujer casada. Betsabé quedó embarazada y, para lograr su propósito de poder estar junto a ella, David envió a su marido a un lugar de la batalla especialmente peligroso, de manera que murió. David se casó entonces con Betsabé, pero Dios estaba ofendido por lo que había hecho y se lo reprochó muy duramente.

David se arrepintió y el Señor le perdonó, pero también le dio un castigo: el primer hijo de David y Betsabé, el que era fruto de su adulterio, murió.

Tiempo después, David y Betsabé tuvieron otro hijo, al que llamaron Salomón y que sería el elegido para edificar el templo de Dios.

Salomón ante el templo sagrado

Salomón fue rey después de David, era bondadoso, justo y sabio por lo que agradaba mucho a Dios. Dice la tradición que, en cierta ocasión, se presentaron ante él dos mujeres con un bebé.

—Este niño es mi hijo –dijo una de ellas–. El de ella murió y tomó al mío diciendo que era suyo.

La otra mujer alegó:

—Este es mi hijo legítimo, lo que cuenta ella es cierto, pero no pasó con mi hijo, sino con el suyo, y ahora tiene tanta tristeza, que desea apoderarse de mi niño para olvidar la muerte del suyo.

El rey Salomón dictaminó:

—Que me traigan una espada, partiré al niño por la mitad y así le daré medio hijo a cada una de las madres.

Entonces, una de las mujeres gritó:

—No, no maten al niño ni le hagan ningún daño, entréguenselo a la otra madre, pero déjenlo vivir.

Al escucharla, Salomón sentenció:

—Entregad al pequeño a esta mujer, pues ella es su madre verdadera ya que, por el bien de su hijo, prefirió verlo en brazos de otra mujer que verlo muerto.

Después de este suceso, todo el pueblo reconocía la sabiduría de Salomón y le tenía un gran respeto.

Para glorificar a Dios, Salomón mandó construir el templo que su padre, el rey David, había proyectado. Una vez que terminaron las guerras y todo el reino de Salomón estaba pacificado, hizo un pacto con el rey de Tiro para que le entregara la mejor madera de ciprés y de cedro a cambio de aceite y trigo. Después, Salomón escogió treinta mil obreros que eran los mejores de todo Israel y mandó extraer piedras y tallarlas para fabricar unos buenos cimientos. La casa que el rey Salomón construyó para el Señor tenía treinta metros de largo, veinte de ancho y quince de alto, además de un gran vestíbulo y un anexo con pisos laterales. Fue toda revestida de artesonados de madera de cedro y el suelo, cubierto con planchas de ciprés. Después, todo el interior fue recubierto de oro fino y en el lugar reservado al altar, colocó dos querubines de madera de olivo también revestidos en oro. Una vez terminada la construcción, se trasladó a su interior el Arca de la Alianza y así quedó por fin terminado el gran templo sagrado.

Ajab adorando a Baal

En cierta ocasión, la reina de Saba fue a visitar a Salomón con la intención de poner a prueba su sabiduría. Entró en Jerusalén desplegando toda su riqueza y después, en audiencia con el rey, le preguntó por todos los asuntos, tanto de gobierno como espirituales, que se le ocurrieron.

Salomón respondió a todo con sensatez y prudencia, y la reina de Saba, al ver el templo que había construido para el Señor, reconoció que no había otro rey más justo y sabio, le entregó todas sus riquezas y regresó a su país.

Salomón reinó durante cuarenta años, siendo sucedido por su hijo Roboam, un hombre mucho menos prudente que su padre, ya que dividió el reino en dos: el sur, con la capital en Judá, y el norte, con la capital en Israel.

Roboam se quedó en Judá, y la parte de Israel se entregó al rey Jeroboam. Jeroboam era ambicioso y deseaba a toda costa mantener su poder y su riqueza. Sabía que los hombres estaban unidos por su Dios y para conseguir su propósito, no dudó en separarlos mandándoles adorar a falsos dioses. Construyó dos becerros de oro y los impuso como ídolos a los que todos debían adorar, prohibiendo la creencia en cualquier otro dios.

Pero entonces llegó un profeta enviado por Dios que proclamó ante Jeroboam que el altar erigido por él se partiría y toda la ceniza que hubiera encima se derramaría. Y así ocurrió; enfurecido, Jeroboam extendió su mano para ordenar que prendieran al profeta, pero se le secó y no le sanó hasta que aquel rogó ante Dios por el rey. A pesar de ello, Jeroboam siguió pecando e idolatrando.

Tras la muerte de Jeroboam, el trono quedó en manos de su hijo Ajab, el cual tomó por esposa a Jezabel, princesa de Sidonia y adoradora del dios Baal. Por influencia de su mujer, Ajab impuso la adoración al dios Baal, provocando por ello la ira de Dios.

Sequía en los campos

Durante el reinado de Ajab, vivía también uno de los primeros profetas del Señor, de nombre Elías, que se presentó ante el rey y le dijo:

—Es palabra de Dios que no lloverá durante estos años.

Y así fue. Una gran sequía asoló la región vaciando ríos y fuentes. Pero Dios avisó a Elías y le pidió:

—Vete a la región de Sarepta, porque allí una viuda te proveerá de alimento.

Cuando Elías llegó a la ciudad de Sarepta, encontró a una mujer viuda que estaba recogiendo leña, a la que le dijo:

—Por favor, tráeme un poco de agua para beber y un poco de pan para comer.

La buena mujer le contestó:

—Te traeré algo de agua, pero no pan; lo único que me queda es un tarro con un poco de harina y otro con un poco de aceite. Haré un pan para mí y mi hijo y después moriremos de hambre.

—No tengas miedo –dijo Elías–, haz ese pan y luego habrá más.

Así fue por gracia del Señor. El tarro de harina y el de aceite no se vaciaban nunca, por mucho que una y otra vez tomaran su contenido para hacer pan, y así se sustentaron Elías, la viuda y su hijo durante la sequía. Pero sucedió que el hijo de la viuda enfermó con tanta gravedad, que murió. Entonces la viuda comenzó a llorar y a lamentar su pérdida, y Elías, conmovido, tomó al niño en brazos, lo tumbó en su cama, e invocó a Dios:

—Señor, Dios mío, devuelve la vida a este niño.

Y entonces el pequeño regresó a la vida milagrosamente. Agradecida ante tal prodigio, la viuda dijo:

—Ahora reconozco que eres un hombre de Dios y que la palabra del Señor está en tu boca.

Ajab y la pira encendida con carne

Habían transcurrido ya tres años de sequía, cuando de nuevo Elías se presentó ante el rey Ajab, diciéndole:

—Tú y la casa de tu padre habéis abandonado al Señor adorando a Baal, por eso hay sequía. Manda a todo tu pueblo y también a los profetas de Baal y de los otros ídolos, que se reúnan en el monte Carmelo junto a mí.

Una vez en el monte Carmelo, Elías mandó que se colocara un buey sobre un haz de leña sin prender; después, él también colocó otro buey de la misma manera: sobre una pila de leña igualmente sin prender. Entonces dijo:

—Yo invocaré al Dios verdadero, a mi Dios, para que encienda la pira de mi buey y vosotros haréis lo mismo invocando a vuestro dios Baal. Así os demostraré que mi Dios es el verdadero, porque mi fuego se encenderá y el vuestro no.

Los seguidores del dios Baal estuvieron invocándolo desde la mañana hasta el mediodía sin resultado, mientras Elías les decía:

—Gritad más fuerte, a lo mejor vuestro dios está ausente, dormido u ocupado…

Y se burlaba mientras ellos gritaban más y más sin que nada sucediera.

Entonces Elías mandó que derramaran tres veces cuatro cántaros de agua sobre la pira de leña que él había preparado para el sacrificio y una vez terminaron dijo:

—Señor, Dios de Abraham, de Isaac y de Israel, respóndeme para que este pueblo reconozca que tú eres Dios.

Y entonces el fuego del señor encendió la hoguera, secó el agua que habían derramado y prendió con fuerza, de manera que el pueblo aceptó que el Dios de Elías era el verdadero.

Ese día terminó la sequía en Israel y murieron los seguidores de Baal.

Naamán ante la casa de Eliseo

Tiempo después, Elías se encontró con un joven labrador llamado Eliseo. Cuando pasó a su lado, Elías echó su manto y entonces, sin hacer ninguna pregunta, Eliseo se ofreció a seguirle, pidiéndole solamente que antes le dejara despedirse de sus padres. Así comenzó la labor profética de Eliseo al servicio de Elías, en la que sucedieron muchos milagros. El primero de ellos fue transformar las aguas pútridas de una ciudad en agua limpia que se pudiera beber y sirviera para regar los campos.

Más tarde, encontraron a una mujer viuda a la que iban a arrebatar a sus hijos por no poder pagar sus deudas. Entonces Eliseo le pidió que colocara un poso del poco aceite que le quedaba en muchas vasijas vacías y así se obró el milagro, pues el aceite se multiplicó en todas las vasijas, de tal modo que la viuda pudo pagar cuanto debía y recuperar a sus hijos.

En otra ocasión, Eliseo fue acogido en la casa de un matrimonio acomodado que no podía tener hijos, de manera que él los bendijo asegurándoles que serían padres. Así fue: tuvieron un hijo que poco tiempo después murió. Entonces, Eliseo se acercó al niño y le aplicó su calor retornándolo a la vida. La fama de Eliseo llegó a oídos de Naamán, un general del ejército sirio, un hombre valiente y rico, pero que estaba aquejado de la enfermedad de la lepra. Sabiendo que era mortal, dejó su casa y cuanto tenía para ir a ver a Eliseo, con la esperanza de que le curara. Sin embargo, Eliseo no salió a recibirlo, sino que envió a una mujer con un recado:

—Báñate siete veces en el río Jordán y recobrarás la salud –le dijo la mujer.

Naamán, furioso por el desprecio con que le había tratado Eliseo, no la escuchó y regresó a su casa.

Las aguas milagrosas del Jordán

Cuando los criados de Naamán le vieron llegar y se enteraron del suceso, insistieron a su señor y le convencieron para que marchara al río Jordán. Naamán, cumpliendo las instrucciones del profeta, se bañó en sus aguas siete veces y, cuando salió, todos pudieron ver cómo su piel enferma de lepra estaba limpia como la de un niño. Agradecido, Naamán fue a la casa de Eliseo

y le ofreció corresponderle de algún modo con sus riquezas. Pero Eliseo las rechazó amablemente y le despidió. Sin embargo, un sirviente de Eliseo, de nombre Giezi, vio la posibilidad de ganar dinero y siguió a Naamán.

Cuando le alcanzó, se presentó como un criado de Eliseo y le solicitó de su parte unas monedas de plata. Naturalmente, Naamán le entregó cuanto pedía, muy contento de poder corresponder a quien le había curado. Después, Giezi regresó a casa de Eliseo y escondió su botín. Pero Eliseo le llamó y le dijo:

—Sé que te has aprovechado de la generosidad de Naamán, así que también te llevarás su enfermedad.

Y así, la terrible lepra se apoderó de Giezi como castigo a su codicia y engaño. Tras estos sucesos, Eliseo siguió viviendo humildemente y haciendo el bien entre el pueblo, mientras en Israel se fueron sucediendo distintos reyes.

Asedio de Jerusalén

Uno de esos reyes fue Ezequías, que era firme seguidor de la palabra de Dios. Cuando el rey asirio Senaquerib le declaró la guerra, Ezequías se negó a luchar: no deseaba que su pueblo sufriera la destrucción y el sufrimiento de una guerra. Viendo que Senaquerib había asolado todas las ciudades de Judea menos Jerusalén, Ezequías le entregó todas las riquezas que tenía, incluso el templo del Señor, a cambio de la paz. Pero Senaquerib traicionó su propia palabra, se quedó con el tesoro y, en lugar de retirarse, envió su ejército a Jerusalén. Ezequías seguía sin querer luchar, de manera

que cerró las puertas de la muralla y los habitantes no podían salir a labrar, ni a cazar o traer agua fresca, y tampoco dejaban entrar a nadie. De este modo, el pueblo empezó a pasar hambre y sed en un terrible asedio.

El humilde Ezequías se despojó entonces de cuanto le quedaba: se quitó sus ropas reales, se puso un saco y se marchó al templo para rezar, rogando a Dios que les ayudara. Además, envió a su mayordomo, a su secretario y a los sacerdotes en busca del nuevo profeta elegido por el Señor: Isaías, que habitaba también en Jerusalén y que expresó los deseos de Dios de este modo:

—Dios hará que el enemigo abandone la lucha y se aleje de las murallas de Jerusalén.

Así fue: sin que los hombres de Ezequías tuvieran que disparar una sola vez sus flechas o empuñar sus espadas, un ángel de Dios se presentó en el campamento asirio de noche matando a todos los soldados. Cuando al día siguiente Senaquerib vio la multitud de cadáveres en que se había convertido su ejército, se marchó, mientras el reinado de Ezequías contaba con la gracia del Señor.

Jonás y la ballena

En la época en que Israel fue gobernada por distintos reyes, existió un profeta llamado Jonás al que Dios le encargó ir a predicar a Nínive, la capital asiria, ya que sus habitantes eran verdaderamente pecadores a los que el Señor quería advertir.

—Irás a Nínive –le dijo a Jonás– y les dirás que si no se arrepienten de su maldad, su ciudad será destruida.

Pero Jonás sintió miedo y desobedeció a Dios. Para esconderse y no cumplir con lo que el Señor le había mandado, se embarcó hacia Tarsis. Sin embargo, en mitad de la travesía, Dios envió una gran tormenta que levantó olas altísimas. Los marineros, asustados, pensaron que la ira de Dios se debía a Jonás y para deshacerse de la tempestad, tiraron a Jonás al agua, donde fue devorado por una ballena.

Jonás pasó tres días con sus noches en el vientre de la ballena y allí dentro se puso a rezar prometiendo a Dios cumplir con su mandato. Por fin, Dios ordenó a la ballena que expulsara a Jonás en tierra firme y el profeta marchó a Nínive a predicar:

—Dentro de cuarenta días, Nínive será destruida –decía a cuantos le escuchaban.

Los habitantes sintieron temor y comenzaron a arrepentirse de haber obrado mal a los ojos de Dios, se pusieron a rezar y a rogar al Señor por medio del ayuno y la penitencia, y fue tal su arrepentimiento y conversión, desde el rey hasta el más humilde campesino, que Dios les perdonó. Al ver que no se había cumplido el castigo de Dios, Jonás se enfadó, pensando que Dios era demasiado permisivo, pero Dios le dijo:

—¿No tienes compasión de las personas y animales que he salvado en la ciudad?

Y así Jonás comprendió la infinita misericordia de Dios.

Daniel y los leones

Al rey Ezequías le sucedió su hijo Manasés y a este, su hijo Amón, ambos reyes impíos que no siguieron los mandatos de Dios. El siguiente rey, Josías, sí renovó la alianza con el Señor, pero no su sucesor Joacaz, ni el siguiente rey, Joakim. Dios, enfadado, envió al rey caldeo Nabucodonosor a hacer la guerra contra Joakim, al que apresó, imponiendo como rey de Israel a su tío Sedecías. Después de la guerra, los pocos israelitas que quedaron vivos fueron con-

vertidos en esclavos. Entre ellos estaba Daniel, un muchacho especialmente inteligente al que Dios había otorgado el don de explicar los sueños, y que entró al servicio de Nabucodonosor.

Una noche, Nabucodonosor tuvo un sueño inquietante que, aunque no lograba recordar, le dejó totalmente consternado. Daniel le expuso su sueño e interpretó su significado, por lo que Nabucodonosor lo colmó de honores.

A Nabucodonosor le sucedió su hijo Baltasar, y a Baltasar, Darío, que nombró veinte gobernadores de provincia y además otros tres gobernadores que les mandaban. Uno de esos cargos principales recayó sobre Daniel. Celosos por el poder que Darío daba a Daniel, los sátrapas urdieron un plan para desacreditarlo, Daniel fue condenado a muerte en el foso de los leones.

El rey, entristecido, le dijo:

—Tu Dios, a quien siempre adoras, te salvará.

El rey no cenó ni durmió aquella noche. Al día siguiente, lleno de pesar, se dirigió a toda prisa al foso de los leones; con voz llorosa llamó a Daniel:

—¡Daniel, siervo del Dios vivo!, el Dios ese tuyo al que sirves siempre, ¿acaso ha podido librarte de una noche entre leones hambrientos?

Y Daniel contestó, orgulloso de su fe en el Señor:

—Mi Dios envió su ángel para cerrar sus bocas, y no me han hecho daño alguno.

El rey, lleno de alegría, ordenó que aquellos que habían acusado a Daniel falsamente fueran arrojados al foso de los leones, y decretó que en todo el reino se respetara al Dios de Daniel.

Dios habla a Isaías

Muchos grandes profetas fueron enviados por Dios a la tierra para hablar con los hombres y transmitir un mensaje de esperanza. Así, Miqueas profetizó que el Mesías estaba llamado a nacer en la ciudad de Belén.

El profeta Zacarías también recibió la palabra de Dios y anunció que el Salvador llegaría cabalgando sobre un pequeño asno. Pero el profeta más grande de todos los tiempos fue Isaías, elegido por Dios para llevar las buenas noticias de esperanza a todos los hombres:

—La verdadera paz y justicia solo llegará con la venida del Mesías. Él alegrará nuestros corazones y curará nuestros pecados. El Mesías será un descendiente de la casa de David que reinará sobre Judá. Nacerá de una mujer virgen y será Dios entre los hombres.

Estas y otras muchas palabras cargadas de esperanza dijo Isaías a los hombres, y sus vaticinios quedaron recogidos en el libro de la Biblia que lleva su nombre y que es el anuncio del nacimiento y del sacrificio del Hijo de Dios para la salvación de los hombres.

Nuevo Testamento

El arcángel Gabriel ante María

Siendo Herodes rey de Judea, había un sacerdote llamado Zacarías, casado con Isabel y que no tenía hijos. Vivían bajo las ordenanzas de Dios y la falta de descendencia era su única tristeza, ya que Isabel era estéril y ambos eran mayores para tener hijos. Un día que Zacarías estaba solo en el templo quemando incienso se le apareció un ángel de Dios, que le dijo:

—No temas, Zacarías, porque tus oraciones han sido escuchadas. Tu esposa Isabel dará a luz un hijo al que llamarás Juan, que será quien haga volver los ojos hacia Dios a muchos hombres.

Y como Zacarías manifestó ciertas dudas, el ángel le respondió:

—Yo soy Gabriel y te digo que por no haberme creído quedarás mudo hasta que se cumpla mi palabra y nazca tu hijo.

Más tarde, Dios envió al arcángel Gabriel a una ciudad de Galilea llamada Nazaret a visitar a una muchacha virgen, de nombre María, que había sido desposada con José, un carpintero descendiente de la casa de David. El ángel se presentó ante María y le dijo:

—Te saludo, el Señor está contigo. No temas nada, María, porque tienes la gracia de Dios. He aquí que concebirás un hijo al que llamarás Jesús, que será grande y será llamado Hijo del Altísimo, Dios le dará el trono de David y su reino no tendrá fin.

—¿Cómo podrá ser eso? –preguntó María–. Si yo no conozco varón…

—El Espíritu Santo vendrá sobre ti para que puedas concebir. Mira que hay otra mujer, Isabel, que se creía estéril y anciana y sin embargo ya tiene seis meses de embarazo, porque ninguna cosa es imposible para Dios.

Y entonces, la humilde y bondadosa María contestó:

—He aquí la esclava del Señor, hágase en mí según su palabra.

Entonces el ángel se marchó.

Visita a Isabel

De este modo, la joven María quedó embarazada sin haber tenido nunca contacto íntimo con su marido. José era un hombre justo y bondadoso, que no quería deshonrar el nombre de su esposa, pero que sabía que el hijo que había concebido no era suyo. Por eso, pensó en abandonarla, en marcharse en secreto para que nadie supiera los motivos y no pudieran difamarla. Pero entonces, un ángel del Señor se le apareció en sueños y le dijo:

—El niño que María lleva en su vientre ha sido concebido por obra y gracia del Espíritu Santo, por eso no debes repudiarla, no te ha sido infiel. El niño será el salvador de todos los hombres.

Entonces José aceptó el mandato de Dios y se quedó con su esposa, deseando a ese hijo como si fuera suyo.

María fue a Judea a visitar a Isabel y en cuanto entró en la casa y saludó, el niño que Isabel llevaba en el vientre comenzó a moverse y la madre sintió sobre ella la presencia del Espíritu Santo y dijo:

—¡Bendita tú entre las mujeres y bendito el fruto de tu vientre! ¿Cómo se me concede que venga a verme la madre del Señor? Se cumplirá lo que te ha sido dicho por parte de Dios.

María se quedó durante tres meses en casa de Isabel y luego regresó a su casa.

Después, Isabel salió de cuentas y dio a luz a su hijo. Todos los familiares le llamaban Zacarías, como su padre. Pero Isabel decía:

—Será llamado Juan.

Entonces preguntaron al padre por señas cómo habría que llamarlo y, en ese momento, Zacarías recobró el habla.

Viaje a Belén

Estando María embarazada, en tiempos de la dominación romana, se escribió un edicto en el que se solicitaba a todos los habitantes que fueran a inscribirse en el censo de su ciudad de origen, con el propósito de confeccionar un listado lo más exacto posible y poder solicitar a cada uno los correspondientes impuestos.

José era originario de una pequeña localidad llamada Belén, que distaba unos ochenta kilómetros de Nazaret, donde vivían. De esta manera, María y José se vieron obligados a hacer el viaje a Belén, a pesar del avanzado estado de gestación de María, porque de lo contrario estarían incumpliendo la ley, así que consiguieron un asno para que María pudiera ir montada sobre él y se pusieron en camino.

Días después, llegaron a Belén muy fatigados; María sentía ya que se aproximaba el momento del parto, de manera que se pusieron a buscar alojamiento. Belén era una ciudad muy pequeña y en esos días muchas personas habían llegado para registrarse en el censo, al igual que María y José, pero lo habían hecho antes y con mejor suerte, y por esto no quedaba ni una sola posada que pudiera ofrecerles cobijo. Deambularon por el pueblo llamando a todas las puertas, pero no encontraron ningún lugar libre en el que instalarse y como María comenzó con los dolores del parto, finalmente José resolvió acomodarla en el único lugar que encontró: una pequeña gruta usada como establo que servía de refugio para los animales.

Nace el Hijo de Dios

José estaba desolado por no haber encontrado un lugar mejor para su esposa, pero ella sentía una gran alegría, porque sabía que era en cumplimiento de la palabra de Dios. Así que José construyó un lecho para que

estuviera lo más cómoda posible. Una vez instalada, María, ayudada por su esposo, dio a luz a su hijo, al que llamaron Jesús, tal como había profetizado el arcángel Gabriel.

María envolvió a Jesús en pañales y lo acostó en un pequeño cajón que servía para almacenar el heno con el que dar de comer a los animales. En el establo, además de un asno, había un buey, y estos dos animales fueron los acompañantes de la Sagrada Familia durante el nacimiento. María pudo descansar junto a su hijo mientras José le proveía de alimentos y mantenía el calor con unos carbones encendidos.

El ángel se aparece a los pastores

No lejos del establo había unos grupos de pastores que apacentaban sus rebaños. La noche en que nació Jesús, los pastores estaban cuidando de los rebaños guardando vigilia. De pronto, pudieron ver una luz sobrenatural que resplandecía en la oscuridad y de la que surgió la figura de un ángel enviado por Dios. Los pastores sintieron miedo, pero el ángel les habló así con palabras tranquilizadoras:

—No temáis, porque vengo a traeros buenas nuevas que os llenarán de gozo a vosotros y a todos los hombres. Hoy, en la ciudad de David, os ha nacido un Salvador, que es Cristo, el Señor. Podréis encontrarlo cerca de Belén, en un establo, allí hallaréis un niño recién nacido envuelto en pañales y acostado en un pesebre.

Y justo después de oír estas palabras, los pastores vieron llegar una hueste celestial de ángeles que cantaban:

—¡Gloria a Dios en las alturas, y en la tierra paz a los hombres de buena voluntad!

Cuando el ángel desapareció, los pastores se dijeron unos a otros:

—Vayamos allí a ver si lo que hemos oído es cierto.

Y se dirigieron donde les había indicado el ángel y allí encontraron a María y José y al pequeño Jesús acostado en el pesebre. Humildemente, se arrodillaron ante el Niño y le ofrecieron los pocos bienes que tenían. Contaron a la Virgen María el anuncio del ángel, pero ella no mostraba sorpresa, sino que guardaba todo aquello en su corazón. Los pastores se marcharon, pero alababan a Dios y lo glorificaban contando a cuantos se encontraban los extraños sucesos que habían presenciado esa noche.

Los Reyes Magos

Muy lejos de Belén, en Oriente, tres sabios, magos o astrónomos habían contemplado una extraña estrella en el cielo. Conociendo el anuncio que los profetas habían hecho mucho tiempo antes, los magos pensaron que esa estrella les indicaría el camino para llegar al lugar en el que iba a nacer el Mesías, aquel que venía para reinar sobre los hombres y salvarlos. De este modo, se pusieron en camino y cruzaron el desierto a lomos de camellos, siguiendo la estela luminosa de la estrella hasta Jerusalén, donde gobernaba el rey Herodes.

El rey recibió a los tres magos en audiencia, porque también él había escuchado la profecía, y les preguntó:

—Ese Niño que dicen que será rey de los judíos, ¿quién es?

Herodes temía las profecías y pensaba que tal vez el nacimiento de ese al que llamaban Mesías podría ser un peligro para él, ya que tal vez le arrebataría su trono. Viendo que los magos buscaban al Niño, Herodes les dijo que cuando lo encontraran, regresaran de nuevo a Jerusalén, para indicarle dónde estaba y así poder adorarle él también.

Los tres magos continuaron su camino detrás de la estrella, que finalmente fue a pararse sobre el establo en el que estaban María y José con Jesús. Los tres magos adoraron al Niño y le entregaron tres regalos especiales: un arca

llena de oro, otra llena de incienso y otra llena de mirra. El oro, como símbolo de la realeza y el poder que los reyes siempre reflejan en sus tesoros; el incienso, como referencia a la divinidad, ya que los sacerdotes lo usaban en las ceremonias para alabar a Dios; y la mirra, como representación de lo humano, por su color rojo que recuerda a la sangre, ya que Jesús había sido concebido por obra del Espíritu Santo, pero también era humano y estaba destinado a derramar su propia sangre para salvar a todos los hombres.

Matanza de los inocentes

Después de adorar al Niño, los magos tuvieron un sueño revelador en el que comprendieron que no debían volver a avisar al rey Herodes, de manera que se marcharon a su país tomando otro camino.

Mientras tanto, Herodes esperaba a los magos que no llegaban y al saberse burlado por ellos, montó en cólera y tomó la decisión de acabar con la vida de Jesús de cualquier modo, solo para que aquel Niño del que decían que iba a ser el rey de todos los judíos, no le arrebatara el poder al hacerse mayor. Para ello, dio una orden terrible: matar a todos los niños menores de dos años que hubiera en Belén, asegurándose así de que Jesús estaría entre ellos.

Justo en ese momento, un ángel del Señor se apareció a José en sueños y le dijo:

—Levántate, toma al Niño y a la madre y huye a Egipto, porque Herodes busca al Niño para matarlo. Quédate en Egipto hasta que yo te diga.

Entonces José, siguiendo las instrucciones del ángel, recogió a su familia y huyeron todos clandestinamente durante la noche, antes de que la cruel orden de Herodes se hiciera efectiva. Por la mañana, gritos y lamentos inconsolables pudieron escucharse en la ciudad de Belén: eran las lágrimas de las madres y padres que perdieron a sus hijos por mandato del rey Herodes.

Sin embargo, Jesús sobrevivió y toda la familia se instaló en Egipto durante un tiempo, hasta el día en que Herodes murió, cuando el ángel volvió a aparecerse ante José para decirle:

—Levántate, toma al Niño y a la madre y regresa a la tierra de Israel, porque aquel que quería acabar con la vida del Niño ha muerto.

Y de nuevo la Sagrada Familia se puso en camino y regresaron a la región de Galilea, estableciendo su casa en la ciudad de Nazaret y por este motivo, a Jesús, más tarde, le llamaban también el Nazareno.

Jesús, María y José en el templo

Era costumbre entre los israelitas circuncidar a los niños cuando habían pasado ocho días de su nacimiento y así, José y María llevaron al pequeño al templo, donde fue circuncidado y le pusieron oficialmente el nombre que el ángel del Señor había dicho: Jesús.

Tras la circuncisión, María debía cumplir con la costumbre de guardar los días de purificación después del parto, que era una de las normas que había dado Moisés. La humilde María entregó al sacerdote del templo de Jerusalén dos palomas para cumplir el mandato de Moisés.

Vivía en Jerusalén un hombre llamado Simeón al que el mismo Espíritu Santo le había revelado que no moriría antes de ver a Cristo y así, justo en el momento en que María llegó con el Niño, algo impulsó a Simeón a entrar en el templo a recibirles. Cuando vio a Jesús, lo reconoció de inmediato como al Salvador, lo tomó en brazos y lo bendijo diciendo:

—Ahora Señor ya puedes despedir a tu siervo Simeón, porque mis ojos ya han visto tu salvación.

María y José escuchaban sus palabras y entonces Simeón se volvió hacia María y le dijo:

—He aquí que este Niño ha llegado para caída y levantamiento de muchos en Israel y esto para ti será como una espada que te traspasará el alma.

Estaba también en el templo una anciana profetisa llamada Ana que era devota servidora del templo y que también reconoció a Jesús al instante. A partir de ese momento Ana no dejó de alabar a Jesús y de contar a todos los que se encontraba que ese Niño los salvaría.

Jesús con los doctores

Aunque José trabajaba de carpintero en Nazaret y allí vivía toda la familia, María y José acudían cada año a Jerusalén durante la fiesta de la Pascua para cumplir con los ritos y celebraciones solemnes que marcaba la tradición.

Cuando Jesús tenía doce años de edad, al llegar la Pascua, decidieron que ya era lo suficientemente mayor como para acompañar a sus padres en una celebración tan señalada para los judíos. Fueron los tres y una vez terminada la fiesta, María y José emprendieron el regreso sin darse cuenta de que su hijo no estaba con ellos y que se había quedado en Jerusalén.

Como muchas personas iban a Jerusalén en esos días de fiesta, los padres creyeron que iba retrasado con otros parientes o amigos, pero al pasar un día sin verlo, empezaron a buscarlo angustiados y, como no lo encontraron entre la gente, regresaron a la ciudad de Jerusalén y recorrieron, cada vez más preocupados, todos los lugares por los que habían pasado y que podían haber atraído a Jesús.

El tercer día lo encontraron en el templo, sentado en medio de los grandes maestros, a los que escuchaba y hacía preguntas con total tranquilidad, como si siempre hubiera tomado parte en sus discusiones. Era prodigioso que un niño de tan corta edad pudiera entender y debatir los temas profundos que discutían los maestros, pero además de mostrar sorpresa por su sabiduría, María estaba dolida por el comportamiento de su hijo y le reprochó:

—Hijo, ¿cómo nos has hecho esto a tu padre y a mí? ¿No ves que estábamos preocupados y te buscábamos con angustia?

Pero Jesús respondió:

—¿Por qué me buscabais? ¿Es que no sabéis que debo ocuparme de los asuntos de mi Padre?

María y José no entendieron la enigmática respuesta de su hijo pero se quedaron tranquilos por haberlo encontrado tras tres días de angustia. Jesús se marchó con sus padres de nuevo a Nazaret y María guardaba todas estas cosas en su corazón, mientras Jesús crecía cada vez con más sabiduría, porque la Gracia del señor habitaba en Él.

Jesús se presenta ante el Bautista

Tenía Jesús la edad de treinta años cuando Juan el Bautista, aquel niño especial que había nacido por la bendición del Señor como premio a la bondad de los casi ancianos Zacarías e Isabel, sentía la llamada de Dios y se dedicaba a predicar en el desierto de Judea:

—Arrepentíos de vuestros pecados –decía a las gentes que se acercaban–, porque el Reino de los Cielos se acerca.

Juan se alimentaba de langostas y miel silvestre y se vestía con pelo de camello, porque había renunciado a las riquezas y comodidades para predicar la Palabra de Dios.

Y muchas personas de Jerusalén y de toda Judea se acercaban a él, le escuchaban y se arrepentían de sus pecados, y entonces Juan los bautizaba con las aguas del río Jordán, aunque les advertía:

—Yo os bautizo con agua por vuestro arrepentimiento, pero vendrá otro, cuyo calzado no soy digno de llevar, que es más poderoso que yo y os bautizará con el fuego del Espíritu Santo.

Acudieron unos fariseos a recibir también su bautismo, pero Juan los rechazó gritando:

—¡Generación de víboras! ¿Creéis que es suficiente con huir de la ira de Dios? El bautismo no os concederá el perdón si no hacéis penitencia y os comportáis justamente durante toda vuestra vida.

Entonces, Jesús llegó desde Nazaret hasta donde se encontraba Juan y le pidió que le bautizara, pero Juan reconoció en Él al Hijo de Dios y decía:

—¿Cómo vienes Tú a pedirme el bautismo? ¡En todo caso, yo debería ser bautizado por ti!

Pero Jesús le respondió:

—Debes bautizarme ahora para que se cumpla la Palabra del Señor.

Y así Jesús recibió el bautismo y en ese momento se abrió el cielo y una paloma del Señor, que era el Espíritu Santo, descendió sobre Él mientras se escuchaba una voz celestial que decía:

—Este es mi Hijo amado, en quien tengo complacencia.

El demonio tienta a Jesús

El Espíritu Santo que había descendido sobre Jesús lo condujo desde las aguas del Jordán hasta el desierto y allí se puso a meditar en soledad y recogimiento durante cuarenta días con sus cuarenta noches. Además de rezar y meditar, Jesús practicó el ayuno absoluto y no comió ni bebió nada, pero pasados los cuarenta días, apareció el demonio para tentarle, diciéndole:

—Si realmente eres Hijo de Dios, convierte estas piedras en pan para alimentarte.

Pero Jesús le respondió:

—No solo de pan vive el hombre, sino de toda palabra que sale de la boca de Dios.

De este modo, Jesús no cayó en la primera tentación del demonio y siguió ayunando a pesar de que sentía hambre.

Al poco rato, el demonio lo llevó a la ciudad y lo colocó de pie sobre el pináculo del templo, diciéndole:

—Si eres el Hijo de Dios, muestra tu poder, échate abajo para que te recojan los ángeles y no te ocurra ningún mal.

Pero Jesús le respondió:

—No pondrás a prueba al Señor tu Dios.

Y de nuevo venció al demonio, porque no cayó en su tentación de mostrar su poder, sino que sabía que a Dios nadie puede darle órdenes, porque Él es el más justo y poderoso y solo interviene cuando es necesario.

El demonio no se rindió y por tercera vez trató de tentar a Jesús. Lo llevó a un monte muy alto y desde allí le mostró la tierra diciéndole:

—Todo esto que tus ojos pueden ver y mucho más, todos los reinos de este mundo te daré si te postras ante mí y me adoras.

Pero Jesús le respondió:

—Al Señor tu Dios adorarás y solo a Él servirás.

Porque Jesús huía de la idolatría y sabía que solo se debe amar a Dios por encima de todas las riquezas, del poder o de la promesa de gloria de los hombres, porque la Gloria de Dios es mucho más poderosa y es para siempre. De este modo, por tercera vez, Jesús no se dejó tentar por el demonio y este, al ver que se aproximaban los ángeles del Señor para servir a Jesús, se marchó. Después de la meditación en el desierto, Jesús regresó a Galilea para empezar a cumplir la misión que Dios le había encomendado.

Jesús predicando

Jesús tenía treinta y tres años cuando comenzó a predicar en las sinagogas de Galilea y hablaba con tal sabiduría de los misterios de Dios que todos le admiraban. En Nazaret, fue en sábado a la sinagoga, como era su costumbre, y entonces se ofreció para leer y le entregaron el libro del profeta Isaías, donde decía: «El Espíritu del Señor está sobre mí para anunciar buenas nuevas a los pobres, proclamar libertad a los cautivos y vista a los ciegos…».

Cuando terminó de leer, Jesús dijo:

—Hoy se ha cumplido esta Escritura.

Pero los que estaban presentes se preguntaban:

—¿Quién es este? ¿No es el hijo de José, el carpintero? ¿Cómo puede creerse un profeta?

Jesús les habló así:

—Sin duda me diréis este refrán: «Médico, sánate a ti mismo». Os aseguro que ningún profeta es bien aceptado en su tierra. Mirad que en la época de Elías había muchas viudas pobres en Israel y todas pasaban hambre, pero solo a una que vivía en la ciudad de Sarepta, en Sidón y no en Israel, le fue enviado el consuelo de Elías, que la salvó del hambre y la sed. Y en la época de Eliseo también había muchos leprosos en Israel, pero él solo sanó a Naamán, que era sirio y no israelita.

Al oírle hablar así, todos los que estaban en el templo se enfurecieron, se levantaron de sus asientos y echaron a Jesús del templo, y además pretendían llevarlo hasta un precipicio para que se despeñara, pero Jesús caminó entre ellos sin sufrir ningún daño y se marchó fuera de su tierra a seguir predicando, ya que la ira de sus propios compatriotas le expulsaba de su ciudad. De este modo, continuó predicando en Cafarnaún, en las orillas del lago Tiberíades.

Jesús y los pescadores

En Cafarnaún, Jesús comenzó a hacer milagros, el primero fue curar a un hombre que decían que estaba endemoniado y gritaba grandes blasfemias contra Dios. Jesús se colocó frente a él, lo miró y simplemente ordenó al diablo que le invadía:

—Sal de este hombre.

Y así lo curó. Después, encontró a una mujer que estaba postrada con mucha fiebre. Jesús simplemente se inclinó hacia ella y así la calentura desapareció mientras ella daba gracias a su sanador. Esa mujer era la

suegra de Simón, un humilde pescador al que Jesús puso el sobrenombre de Pedro.

Un día, se hallaba Pedro lavando las redes en la orilla del lago, cuando llegó Jesús y se subió a su barca para poder predicar desde allí en mitad del agua a toda la multitud que se había congregado.

Después de la predicación, le dijo a Pedro:

—Lleva la barca mar adentro y echa las redes para pescar.

—Maestro —contestó Pedro—, hemos estado toda la noche con las redes echadas en el mar y no hemos pescado nada, después de muchas horas solo hemos sacado las redes vacías. Pero confío en tu palabra y haré lo que dices.

Entonces Pedro se adentró en el mar y echó sus redes al agua. Cuando fue a recogerlas, no podía izarlas, pues las redes estaban tan pobladas de peces que podían romperse. Nunca nadie había visto una pesca tan numerosa y tuvo que pedir ayuda a otros pescadores para recogerlas, pues con solo esa captura, llenaron dos barcas de peces e iban medio hundidas por el peso.

Jesús recluta a Mateo

En el momento de la pesca milagrosa estaban con Pedro su hermano Andrés y también Santiago y Juan, hijos de Zebedeo, que eran otros dos pescadores. Todos ellos se quedaron maravillados por lo que había sucedido. Pedro se inclinó ante Jesús y le dijo:

—Soy un pecador que no merece tu compañía ni tu protección, no merezco la abundante pesca que me has dado.

Pero Jesús, ayudándole a incorporarse, le respondió:

—Yo te digo que desde hoy serás pescador de hombres y les darás la vida, sígueme sin mirar atrás.

De esta manera, Pedro y los otros cuatro pescadores dejaron su barca y sus otras posesiones sin pensar en el futuro ni importarles ninguna otra cosa más que seguir a Jesús mientras predicaba.

Jesús siguió predicando y ayudando a las gentes humildes que se encontraba, atendía a los pobres y, a los que estaban enfermos o sufrían dolores, los curaba, de manera que su nombre se propagó por toda la región porque ofrecía protección y consuelo sin pedir nada a cambio. En cierta ocasión, Jesús llegó ante un hombre llamado Mateo, que era recaudador. Las gentes decían de él que su único interés y ambición en la vida era acumular riquezas y bienes que era un avaro sentado ante su mesa de trabajo y que no existía ninguna otra cosa aparte del dinero capaz de atraer su atención. Cuando Jesús lo vio sentado entre sus tributos, se acercó a él, lo miró profundamente y simplemente le dijo:

—Sígueme.

Y de forma inesperada, Mateo se levantó dejando allí en la mesa abandonadas todas sus riquezas sin ninguna preocupación y se marchó con Jesús, dejando a todos los que habían sido testigos del suceso muy sorprendidos.

Comida con pecadores

Poco tiempo después, Mateo invitó a Jesús y a sus seguidores a un banquete en su casa. Entre las personas que seguían a Jesús las había con mala reputación, algunas de vida disipada hasta entonces. Al ver los fariseos que Jesús compartía su mesa con tantos pecadores se escandalizaron y se lo reprocharon, pero Jesús les respondió:

—Del mismo modo que solo acuden al médico y necesitan de sus cuidados los hombres enfermos y no los sanos, yo no estoy aquí para convertir a aquellos que siendo ejemplares ya son contemplados con agrado por Dios. Yo debo acudir al lado de los que están perdidos y han pecado, porque ellos sí necesitan alimento para su espíritu. Es el que está perdido el que necesita que le encuentren.

Los fariseos se sintieron humillados por las palabras que Jesús les había dicho delante de todos y comenzaron a guardar odio hacia él en su corazón.

Después, Jesús se retiró a meditar en soledad a una montaña y cuando bajó, reunió a todos sus seguidores para elegir entre ellos un grupo de doce, que fueron estos:

Simón, el pescador al que llamó Pedro; su hermano Andrés; Santiago y Juan, hijos de Zebedeo, que eran los dos pescadores que le acompañaban desde el principio; Mateo, el que dejó sus riquezas por Él; y además de estos, Felipe, Bartolomé, Tomás, Santiago, hijo de Alfeo, Simón, llamado el Zelador, Judas, que era hermano de Santiago y Judas Iscariote, que estaba llamado a ser el traidor de este grupo.

Estos doce Apóstoles fueron los mejores amigos y principales seguidores de Jesús, al que acompañaron durante su predicación y también en los peores momentos, y algunos de los cuales escribieron después el testimonio de su vida.

Las Bienaventuranzas

Después de nombrar a sus discípulos, Jesús bajó del monte con ellos y se acercó a una gran multitud que había llegado hasta allí para escucharle. Entonces habló así:

«Bienaventurados los pobres de espíritu, porque de ellos es el reino de los cielos.

»Bienaventurados los mansos, porque ellos poseerán la tierra.

»Bienaventurados los que lloran, porque ellos serán consolados.

»Bienaventurados los que tienen hambre y sed de justicia, porque ellos serán saciados.

»Bienaventurados los misericordiosos, porque ellos alcanzarán misericordia.

»Bienaventurados los limpios de corazón, porque ellos verán a Dios.

»Bienaventurados los pacíficos, porque ellos serán llamados hijos de Dios.

»Bienaventurados los perseguidos por causa de la justicia, porque de ellos es el Reino de los Cielos.»

Y después continuó su discurso:

—Bienaventurados seréis cuando os injurien y os persigan y digan con mentira toda clase de mal contra vosotros por mi causa, porque vuestra recompensa será grande en los cielos.

Además, Jesús dijo que aquellos que solo se preocupan por los bienes terre-

nales, aquellos que no comparten su alimento o que se vanaglorian y son soberbios no encontrarán el camino de Dios.

—Por eso –continuó Jesús– amad a vuestros enemigos, bendecid a los que os maldicen, rezad por los que os calumnian, a quien os golpee en una mejilla, ofrecedle la otra mejilla y devolved siempre el mal por bien, compartid vuestros bienes, perdonad las ofensas y amad a todos como a vosotros mismos, así es como encontraréis abiertas las puertas del Reino de los Cielos.

Bodas de Caná

En una ocasión se estaban celebrando unas bodas en Caná de Galilea y a la fiesta estaba invitada María, la Madre de Jesús, así como el mismo Jesús y sus Apóstoles. Estaba por tanto una gran multitud de gente reunida cuando notaron que quedaba poco vino para tantos invitados. Preocupada, María habló con su Hijo:

—Mira, el vino está acabando y los dueños están preocupados porque no van a poder atender a sus invitados como les gustaría, ¿no podrías hacer algo?

Jesús le respondió:

—Aún no ha llegado el momento.

María conocía a su Hijo y no le dijo nada, pero advirtió a los criados:

—Haced todo lo que Él os diga.

En la casa había unas tinajas de piedra muy grandes que se usaban para las purificaciones judías. En cada una de las tinajas cabía el contenido de tres cántaros. Jesús vio las tinajas y dijo a los criados:

—Llenad esas tinajas de agua.

Los criados lo hicieron y entonces Jesús dijo:

—Ahora sacad un vaso de esa agua y dádsela a probar al criado principal.

Así se hizo: el vaso de agua fue a parar a manos del encargado de asistir la mesa o maestre-sala, que era

catador. Nada más llevarse el agua a los labios, comprobó que se había transformado en vino de gran calidad. Entonces, el catador habló con el novio:

—Señor, lo normal es sacar el mejor vino al principio y luego, cuando los invitados ya están un poco mareados, sacar otro de peor calidad porque no se darán cuenta. Pero tú has sacado el mejor vino al final de la fiesta y te felicito.

El novio quedó muy contento con sus palabras y todos disfrutaron de su sabor y su cantidad.

El paralítico

En otra ocasión, se hallaba Jesús en Cafarnaún cuando unos hombres le trajeron a un paralítico. Lo llevaban entre cuatro personas, porque estaba impedido de tal modo, que no podía moverse solo en absoluto. Pero ocurrió que había tanta gente alrededor del Maestro, que no pudieron pasar ni acercarse, de manera que se les ocurrió que la mejor manera de llevarlo a su presencia era quitar el techo del lugar en el que estaba Jesús, colocar al paralítico tumbado en una camilla y por medio de unas cuerdas, descolgarlo desde arriba. Así lo hicieron, de manera que el paralítico quedara frente a Jesús, que al verlo en ese penoso estado, se apiadó de su desgracia y le dijo:

—Tus pecados te son perdonados.

Entre el gentío estaban unos escribas que, al escucharle, se escandalizaron y dijeron:

—¿Quién se cree este hombre? ¿Cree estar por encima de Dios, que es el único que puede perdonar los pecados?

Jesús les contestó:

—¿Qué creéis que es más fácil? ¿Decir «Tus pecados te son perdonados» o decir «Levántate y camina»? Sabed que al que llaman Hijo del Hombre tiene poder para perdonar los pecados y para demostrároslo, ved esto.

Y entonces se dirigió al paralítico y le dijo:

—Levántate, recoge tu camilla y vuelve a tu casa.

El paralítico, que hasta entonces estaba tumbado sin poder moverse, se puso de pie y cargó con su camilla echando a andar delante de todos los que allí estaban, como si jamás hubiera estado impedido, sino que fuera un hombre rebosante de juventud y fuerza. Todos los congregados estaban sorprendidos y se maravillaban y cada vez más gente le escuchaba y le seguía, porque el poder de Dios estaba con Él.

La hija de Jairo

En Cafarnaún Jesús hizo muchos milagros, como el de la hija de Jairo. Jairo era un hombre importante en la comunidad, pues ostentaba el cargo de

jefe de la sinagoga, y tenía una hija de doce años que estaba muy enferma, a la que amaba mucho. Cuando le dijeron que acudiera a Jesús, porque había curado a otros, se acercó adonde estaba el Maestro, se postró a sus pies y le dijo:

—Mi hija está muy enferma, se muere, ven y pon tus manos sobre ella para salvarla.

Jesús se fue con Jairo y una gran muchedumbre de personas les seguía. Por el camino, una mujer que desde hacía años sufría flujo de sangre le vio y se acercó a Él para tocarle, porque creía ciegamente que con tan solo tocar sus vestiduras, se curaría. Y fue rozar la ropa del Maestro, que la mujer sintió que se curaba y dejaba de sangrar.

Entonces Jesús dijo:

—¿Quién me ha tocado?

La mujer, temblorosa y asustada, se presentó ante Él reconociendo que había sido ella y entonces Jesús dijo:

—Mujer, tu fe te ha salvado, vete en paz y queda curada de tu enfermedad.

En ese momento, llegaron diciendo que mientras iban hacia la casa de Jairo, su hija había muerto y que ya no hacía falta molestar al Maestro, pero Jesús dijo a Jairo:

—No temas, Jairo, porque basta que creas en mí, y ella vivirá.

Y mandó a todos que no le siguieran, excepto Pedro, Santiago y Juan. Entró en la casa de Jairo y vio a las plañideras.

—¿Por qué lloráis? –les preguntó–. ¿No veis que la niña duerme?

Y entró en la habitación donde estaba la niña, y le tomó la mano diciéndole «Niña, levántate». Y la pequeña despertó y se levantó.

El criado del centurión

Otro de los milagros de Jesús en Cafarnaún ocurrió cuando se acercó a él un centurión romano. Este hombre tenía a su criado más fiel y más querido muy enfermo y a punto de morir, sufriendo además parálisis en su cuerpo y terribles dolores que le causaban mucho sufrimiento. El centurión lo apreciaba mucho y le trataba como si fuera de su familia, por lo que sufría junto a él al verle en tan penoso estado. Al enterarse de los muchos milagros que las gentes contaban que hacía Jesús, llegó hasta él y le dijo:

—Mi criado sufre terribles dolores y está paralítico.

Jesús contestó:

—Yo iré a curarle.

Pero entonces el centurión dijo:

—Señor, no soy digno de que entres en mi casa, pero di una sola palabra porque estoy seguro de que solo con ella sanará mi criado.

Jesús quedó admirado por sus palabras y habló así a la multitud:

—En verdad os digo que en Israel no he encontrado a nadie con una fe tan grande como la de este hombre.

Y volviéndose hacia el centurión, añadió:

—Vete sin preocupación, porque todo sucederá como tú has creído.

Y en ese mismo instante sanó el criado y cuando el centurión regresó a su casa, lo encontró completamente recuperado. La fe del centurión en la palabra de Jesús había curado a su criado.

Cuando tuvo conocimiento de este suceso muchos más creyeron en la palabra de Jesús y le siguieron con entusiasmo.

La tormenta

En otra ocasión, Jesús propuso a los Apóstoles tomar una barca para ir hasta el otro lado del lago. Cuando ya estaban todos dentro e iban navegando, Jesús se durmió plácidamente, tumbado en la barca. Entonces se desató un viento tremendo y las olas sacudían la barca. Los Apóstoles sintieron temor, pero no se atrevían a despertar al maestro y esperaban a que Él despertara.

Pero Jesús no salía de su sueño y el oleaje se transformó en una tormenta que hacía zozobrar la barca de tal manera que se llenaba de agua y corría el riesgo de terminar volcando. Los Apóstoles sintieron un miedo tremendo y lo despertaron gritando:

—Maestro, vamos a morir, ayúdanos o pereceremos todos entre las aguas.

Entonces Jesús se incorporó y con un solo gesto hizo que la tormenta se disolviera, que dejara de llover y que la más absoluta calma regresara a las aguas, dejando el cielo azul y un sol radiante.

Una vez que tanto las aguas como los Apóstoles habían recuperado la calma, Jesús les preguntó:

—¿Es que no tenéis fe? ¿De verdad pensábais que iba a dejaros morir aquí?

Y los Apóstoles se sintieron avergonzados por haber perdido tan pronto la fe, pero al mismo tiempo, se decían:

—¿Quién diremos que es el Maestro, si puede dar órdenes al viento y al agua y hasta la misma naturaleza le obedece?

El milagro de los panes y los peces

Hubo una ocasión en la que Jesús había estado predicando junto a sus Apóstoles ante una multitud de personas. Escuchándole, el día tocó a su fin y comenzó a anochecer, de manera que los Apóstoles le dijeron:

—Maestro, di a estas gentes que te siguen que se marchen, porque se está haciendo de noche y deberían buscar alojamiento y algo para comer en alguno de los pueblos cercanos. Piensa que estamos en mitad del desierto y aquí no hay nada, y que si no les dices que se vayan, se quedarán fielmente a tu lado y podrían enfermar por la debilidad.

Jesús les respondió:

—Dadles vosotros de comer.

Los Apóstoles le dijeron:

—Solo hemos traído cinco panes y dos peces. Danos dinero para comprar más provisiones y así podremos alimentarlos a todos ellos.

Había a su alrededor ya al menos cinco mil personas y Jesús dijo a sus Apóstoles:

—Que se sienten todos en grupos de cincuenta en cincuenta.

Una vez organizados los grupos, Jesús tomó los cinco panes y los dos peces, levantó los ojos al cielo y, dando gracias a Dios, bendijo aquellos alimentos y los partió para que los Apóstoles alimentaran a la gente. De forma milagrosa, los panes y los peces se multiplicaron y sirvieron de cena para todas aquellas personas, que se saciaron y además sobraron doce cestos llenos de pan y peces.

Jesús camina sobre el mar

Después de la multiplicación de los panes y los peces, Jesús pidió a los Apóstoles que se embarcaran y le esperaran con la barca al otro lado del lago mientras él se despedía de la multitud. Los Apóstoles hicieron lo que les había mandado, Jesús se despidió y subió a un monte a meditar hasta que se le echó de nuevo la noche encima.

Estaban los Apóstoles esperando en la barca, el oleaje era fuerte y había viento; entonces, entre la oscuridad de la noche, vieron venir a Jesús caminando sobre las aguas. Se sintieron confusos en la oscuridad y se pusieron a gritar:

—¡Es un fantasma!

Y llenos de confusión, comenzaron a gritar. Pero Jesús les dijo:

—No temáis, soy yo.

Pedro contestó:

—Si de verdad eres el Maestro, mándame a mí ir caminando hacia ti sobre las aguas.

—Ven –respondió Jesús.

Y al momento Pedro se puso a caminar sobre las aguas, pero, apenas unos segundos después, le invadió el miedo y comenzó a hundirse y a gritar:

—¡Señor, sálvame!

Jesús extendió entonces su mano y le agarró con fuerza diciéndole:

—Hombre de poca fe, ¿por qué has dudado? ¿No tenías confianza en mí?

Y entonces paró el viento y el oleaje y todo se quedó en calma y pudieron regresar a tierra con la barca con total normalidad.

El ciego de Jericó

Durante su predicación, en cierta ocasión llegaron a Jericó. En la puerta de la ciudad se encontraron con un hombre ciego que estaba sentado a un lado del camino pidiendo limosna. Al acercarse la multitud que siempre acompañaba a Jesús y escuchar tanto tumulto, el ciego preguntó a los que tenía más cerca:

—¿Qué ocurre? ¿Quiénes se acercan haciendo tanto ruido?

—Es Jesús de Nazaret —le respondieron.

El ciego había escuchado lo que contaban de Jesús, que era misericordioso y se acercaba a los más necesitados, que podía curar las enfermedades y que sus palabras daban consuelo a todos, así que empezó a gritar:

—¡Jesús, hijo de David, ten compasión de mí!

Los que estaban alrededor le decían que no molestase a Jesús con sus gritos y sus súplicas y que se callara, pero él gritaba con más fuerza aún.

Entonces Jesús lo oyó a pesar del ajetreo y se detuvo.

—Traed a ese hombre ciego a mi presencia —dijo.

Y una vez que lo tuvo delante, le preguntó:

—¿Qué quieres de mí? ¿Qué quieres que yo haga?

El ciego respondió:

—Deseo ver, Señor, poder ver las maravillas de la Creación. Solo tú tienes el poder de hacerlo posible.

Y Jesús le dijo:

—Vete. Tu fe en mí te ha salvado. Abre los ojos para mirar todo lo que hasta ahora no veías.

El ciego recuperó la vista de forma milagrosa y se alejaba dando gracias a Dios, mientras toda la multitud se admiraba y glorificaba al Señor.

La transfiguración

Un día Jesús pidió a Pedro, a Santiago y a Juan que le acompañaran a una alta montaña para rezar juntos en meditación y silencio, apartados de las demás personas. Subieron juntos y una vez arriba, se pusieron a orar. Y entonces Jesús se transformó delante de ellos: sus vestiduras, su rostro, su cuerpo y todo su ser resplandecieron brillando con una luz blanca que les impresionaba y que no sabían de qué manera se producía, porque era como si la luz naciera de su interior y saliera con gran fuerza hacia fuera, deslumbrándolos. Era Jesús como un sol que los iluminaba y no estaba solo: otros dos personajes, que eran los profetas de la antigüedad, Moisés y Elías, estaban a su lado y conversaban con el Señor. Los dos profetas despedían también la misma luz blanca que irradiaba Jesús.

Los tres Apóstoles sintieron temor y Pedro gritó:

—¡Señor, estamos aquí! Si quieres, haré aquí tres tiendas, una para ti, otra para Moisés y otra para Elías.

Entonces, una nube los cubrió y se oyó una voz celestial que decía:

—Este es mi Hijo amado, en quien me complazco. Escuchadlo.

Y los Apóstoles cayeron al suelo atemorizados, pero Jesús les dijo:

—No tengáis miedo. Levantaos.

Y en ese momento pudieron ver que Jesús era el mismo de siempre y toda la luz radiante, la voz celestial y la nube habían desaparecido y solo estaba con ellos Jesús. Bajaron de la montaña y por el camino, Jesús les pidió:

—No contéis a nadie esta visión que os ha sido mostrada, solo podréis contarlo cuando el Hijo del Hombre resucite de entre los muertos.

Los Apóstoles no entendieron sus palabras, pero callaron y no le dijeron nada a nadie hasta mucho tiempo después, cuando por fin comprendieron qué les había querido decir Jesús.

La resurrección de Lázaro

Un día estaba Jesús en la ciudad de Betania y un fariseo que le escuchaba le invitó a comer en su casa. Mientras estaban sentados a la mesa apareció María, una mujer conocida por su comportamiento vergonzoso. Sin hablar, se arrodilló a los pies de Jesús y los lavó con un bálsamo perfumado. El fariseo, escandalizado, pensó: «Si Jesús fuera el profeta que dice ser sabría el licencioso pasado de esta mujer y se avergonzaría de su compañía».

Jesús, que sabía lo que estaba pensando, advirtió al hombre:

—Esta mujer a la que tanto desprecias ha ungido mis pies y los ha enjuagado con sus lágrimas humildemente, demostrando su amor. Por eso le son perdonados todos sus pecados.

Jesús ayudó a levantarse a María y la mandó ir en paz. María tenía otra hermana, Marta, y un hermano llamado Lázaro que estaba enfermo. Las dos mujeres, viendo que su hermano se moría, mandaron llamar a Jesús, pero Él les mandó otro recado:

—No os preocupéis, porque su enfermedad no es mortal.

Días después, Jesús fue a la casa de Marta y María, que le dijeron:

—Señor, si hubieras venido hace cuatro días, Lázaro no hubiera muerto, Tú lo habrías salvado.

Y Jesús les respondió:

—Tened fe, porque Lázaro resucitará.

Entonces Marta y María y otras muchas personas que las acompañaban fueron al sepulcro de Lázaro con Jesús. El sepulcro era una gruta en la roca tapada con una piedra grande y pesada. Jesús ordenó quitarla y gritó:

—¡Lázaro, sal fuera!

Y así ocurrió. Y desde ese día se decía que Jesús era realmente el Hijo de Dios que venía para salvar a todos los hombres.

Parábola del sembrador

Jesús siguió predicando y anunciando el reino de Dios por las ciudades y aldeas y, además de los Apóstoles, le seguían muchas mujeres a las que había curado, entre las que estaba María Magdalena, de la que había expulsado siete demonios. Muchas veces Jesús se esforzaba en explicar la Palabra

de Dios de forma sencilla, para que todos pudieran comprenderle, y entonces contaba parábolas o pequeñas narraciones. Una vez, con ocasión de un gran remolino de gentes que acudió de las ciudades para verle, Jesús contó esta parábola, conocida como la parábola del sembrador:

«Un sembrador salió a sembrar su campo y por tanto iba arrojando las semillas, pero una parte de esas simientes que esparcía cayó fuera del sembrado, en el camino, donde los animales y las personas la pisotearon y la poca que quedó entera se la comieron los pájaros. Otra parte de la simiente también se perdió porque cayó en un pedregal de manera que, en cuanto nació, empezó a secarse por falta de humedad. Por último, una tercera parte se perdió porque cayó en un terreno lleno de zarzas, de manera que nació entre las espinas que la sofocaron y le impidieron crecer entre sus puntiagudas hojas.

El resto de la simiente cayó en la tierra buena, donde había agua, tierra fresca y sol, y el labrador la cuidaba. Así que pudo crecer y dar su fruto, y fue tan buena la cosecha que dio fruto a razón de ciento por uno».

Para explicar la parábola, Jesús dijo:

—La simiente del sembrador simboliza la Palabra de Dios. La que cayó en el camino se refiere a quienes escuchan la Palabra, pero luego viene el diablo y la pisa o se la come, como hicieron los pájaros, y así se la saca del corazón de manera que la simiente o la Palabra se pierde. La simiente del pedregal es la Palabra que llega a quienes la escuchan con gozo pero pronto la olvidan, caen en la tentación y dejan de creer, de manera que la simiente termina secándose porque no da frutos. La simiente que caía en las espinas es la de los que no escuchan la Palabra porque espinas como las riquezas y lujos les apartan de Dios. Pero la simiente que cae en buena tierra es la Palabra que cae en aquellos que tienen un corazón puro y bueno, en ellos crece la semilla del Señor. Todos debéis procurar ser como esa tierra buena y fértil.

Y quedaron impresionados por las palabras de Jesús.

Parábola del buen samaritano

Para enseñar a sus seguidores la solidaridad y el amor por los demás, Jesús contó así la parábola del buen samaritano:

«Hubo un hombre que viajaba desde Jerusalén hasta Jericó él solo. Por el camino, una banda de ladrones le atacó y no solo le robaron todo lo que llevaba, sino que además rompieron las ropas que llevaba y le golpearon de tal manera que le cubrieron de heridas la cabeza y el cuerpo, dejándole malherido y al borde de la muerte en mitad del camino, sin mostrar ninguna compasión.

Al poco rato pasó por delante del herido un sacerdote que llevaba prisa y, aunque le vio, pasó de largo. Más tarde pasó por allí un levita, pero tampoco se apiadó del herido, sino que se marchó sin ni siquiera acercarse para asegurarse de si estaba vivo o muerto. Luego pasó por allí un samaritano que viajaba y al ver lo malherido que estaba, se paró junto a él. Primero le curó las heridas y se las vendó, luego lo subió en su montura y marchó junto a él caminando hasta llegar a un mesón, donde lo alojó y lo cuidó toda la noche, paliando el sufrimiento que la fiebre le producía. Cuando llegó la mañana, pagó al mesonero por adelantado para que cuidara del hombre maltratado hasta que se curara del todo».

Entonces Jesús preguntó a su auditorio:

—¿Quién creéis que se portó mejor con el hombre malherido?

—El samaritano –respondieron sin dudar.

—Entonces aprended de este ejemplo y comportaos siempre con misericordia y bondad con todos aquellos necesitados de ayuda.

Parábola del buen pastor

En otra ocasión, Jesús les contó la parábola del buen pastor: «El que no entra por la puerta en el redil de las ovejas, no es pastor, sino ladrón. Pero el que entra por la puerta del redil es el pastor de las ovejas, él entra y las llama por su nombre y las saca. Y cuando ya están todas fuera, el pastor va delante, las conduce y las ovejas le siguen porque reconocen su voz, mientras que al extraño no le seguirían.

Los que estaban a su alrededor no entendían sus palabras y Jesús se las explicó:

—Yo soy la puerta de las ovejas, todos los que vinieron antes que yo eran ladrones y por eso no les escucharon las ovejas, pero a través de mí el que entre estará a salvo y podrá encontrar buenos pastos. Porque yo no he venido para destruir ni matar ni robar, sino para dar vida.

Y aún Jesús dijo más cosas a un auditorio que lo seguía medio fascinado, medio descreído. Sin embargo, nadie osaba interrumpir su discurso:

—Yo soy el buen pastor que da la vida por las ovejas. Soy el dueño de las ovejas, porque el que no es su dueño, cuando ve venir al lobo, huye para salvarse y las deja abandonadas a su suerte, no le importan las ovejas. Y el lobo se las arrebata y las dispersa. Pero a mí sí, yo conozco a las ovejas y ellas me conocen a mí. Además, yo tengo ovejas que no son de este redil y a las que debo atraer hacia mi rebaño.

Hubo desacuerdo entre los que le escuchaban a propósito de estos razonamientos. Muchos estaban maravillados por sus palabras, pero otros decían:

—Está loco, ¿por qué le escucháis?

Pero los primeros les respondían:

—No está loco ni endemoniado, porque ¿puede acaso el demonio abrir los ojos a los ciegos?

El hijo pródigo

Jesús siguió contando historias sencillas para explicar a la gente la Palabra de Dios: «Un hombre tenía dos hijos. El mayor era muy trabajador, ayudaba en todo a su padre y siempre estaba bien dispuesto para cuidar del campo o del ganado y atender todos los trabajos que se le encomendaran. Pero el hijo

menor era muy diferente: de carácter soñador, solo pensaba en el momento de salir de su casa, alejarse de las labores del campo, viajar y ver mundo; por eso un día dijo a su padre:

—Dame parte de mi herencia para que pueda marcharme y gastarla como quiera, porque yo no quiero vivir en la tierra familiar.

El padre dividió su fortuna en dos partes y entregó a su hijo menor lo que le pedía, de manera que se marchó a otro país, donde dilapidó la fortuna que tenía sin pensar en las consecuencias.

Una vez gastado el dinero, empezó a pasar necesidad. No le quedó otro remedio que aceptar el penoso trabajo de cuidador de cerdos. Entonces el muchazo recordó su vida anterior y se lamentaba de haber sido tan ingrato con su padre. Finalmente, tomó la decisión de regresar a su casa. Cuando llegó a la casa, el padre lo vio venir y se echó en sus brazos besándolo y llorando de alegría.

Entonces regresó de su trabajo en el campo el hijo mayor y viendo lo que ocurría, se indignó diciendo:

—Padre, hace años que te sirvo, te he sido siempre fiel, pero nunca me has tratado así. En cambio, a este hermano que te abandonó y gastó tu riqueza le haces tantos honores. Es injusto.

El padre le respondió:

—Tú siempre has estado a mi lado y te amo, pero este hermano tuyo era como si hubiera muerto y, al volver, es como si hubiera resucitado, de manera que alégrate también».

—Así –dijo Jesús– vosotros también debéis saber que mi Padre tiene abiertos los brazos para todos los que se aparten del camino y regresen a Él, y así les perdonará todos sus pecados si el arrepentimiento es sincero.

El Padrenuestro

En otra ocasión estaba Jesús rodeado de los suyos y le dijeron: «Señor, enséñanos a rezar, ¿cómo debemos hacerlo? ¿Cuál es la mejor oración para que Dios nos escuche?».

Y entonces Jesús les dio una oración para dirigirse a Dios, ni demasiado larga, ni demasiado difícil, y cuyas palabras eran sinceras; esa oración era el Padrenuestro, la oración más bella de cuantas pueden rezarse a Dios:

> *Padre nuestro que estás en el cielo,*
> *santificado sea tu nombre,*
> *venga a nosotros tu reino,*
> *hágase tu voluntad en la tierra como en el cielo.*
> *Danos hoy nuestro pan de cada día,*
> *perdona nuestras ofensas*
> *como también nosotros perdonamos*
> *a los que nos ofenden.*
> *No nos dejes caer en la tentación*
> *y líbranos del mal.*

Esta oración que todos los cristianos siguen repitiendo hoy es la que Jesús de Nazaret regaló a los hombres para que pudieran dirigirse a Dios directamente, desde el interior de su corazón.

Ðejad que los niños vengan a mí

Estando Jesús predicando y enseñando las parábolas a los que le escuchaban, algunas personas le acercaban a sus hijos para que los tocase, porque

esperaban recibir de sus manos la bendición del Señor. De este modo, muchas veces los niños correteaban a su alrededor y jugaban despreocupadamente cerca de él. Viendo que quizá con sus juegos podrían molestar a Jesús, las gentes les reprendían.

Pero Jesús llamó entonces a los niños para que se colocaran junto a él y dijo:

—Dejad que los niños se acerquen a mí, no les riñáis ni les reprochéis que con sus alegres juegos puedan molestarme, porque yo os digo que el Reino de los Cielos está lleno de personas como ellos. Porque aquel que no reciba el Reino de Dios como un niño, con pureza y sencillez, no podrá entrar en él.

Entonces, un joven que le escuchaba, dijo:

—¿Qué puedo hacer yo para alcanzar el Reino de los Cielos?

—Debes seguir los mandamientos de Moisés –contestó Jesús.

—Los mandamientos –respondió el joven– los he seguido siempre desde mi nacimiento.

—Entonces –contestó Jesús– solo te queda hacer una cosa: vende todos tus bienes, reparte tus riquezas, despójate de todo cuanto tienes y sígueme, y a cambio de tu tesoro en la tierra recibirás el tesoro del cielo.

Pero el joven, que era muy rico y vivía muy acomodado, se entristeció al oírle decir eso, porque no deseaba perder cuanto poseía a cambio de una promesa de futuro que se le antojaba lejana.

—Es difícil –dijo Jesús– que los ricos entren en el Reino de los Cielos, porque aman a sus bienes más que a Dios. Yo os digo: es más fácil que pase un camello por el ojo de una aguja, que un rico entre en el Reino de Dios.

Entrada en Jerusalén

Después de esto, Jesús, sus Apóstoles y una gran muchedumbre de personas que les seguían se dirigieron a Jerusalén, donde se cumplirían los escritos de los profetas: allí el Hijo del Hombre sería traicionado y los gentiles le darían muerte, y al tercer día resucitaría de entre los muertos.

Cuando se acercaban a la ciudad de Betania, Jesús pidió que se acercaran a una aldea que estaba allí mismo, donde encontrarían un burro atado.

—En ese burro ningún hombre ha montado jamás y yo seré el primero –les dijo–. Traédmelo y si su dueño os pregunta adónde lo lleváis, decidle que el Señor lo necesita y os dejará traerlo.

Sucedió como Jesús había dicho y se montó en el burro para entrar en Jerusalén. Y las gentes le glorificaban y gritaban:

—¡Bendito sea el que viene en nombre del Señor!

Y Jesús entró triunfalmente en la ciudad de Jerusalén, mientras las gentes lo agasajaban con ramas de olivos. Nada más entrar, dijo:

—Sucederán grandes cosas, vendrán días en los que la ciudad será cercada y rodeada por los enemigos, la arrasarán y derrumbarán todo cuanto hay sin dejar piedra sobre piedra, y todo eso será consecuencia del olvido de los judíos de Dios, y ese será su castigo por pecar.

El templo es la casa de Dios

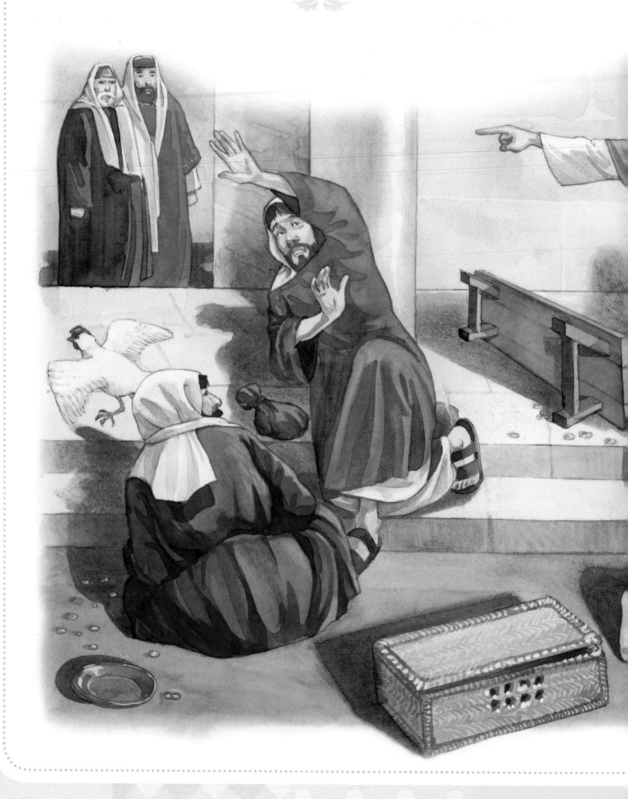

Después de predecir la caída de Jerusalén, entró en el templo. Allí estaban reunidos muchos comerciantes que habían colocado sus puestos de venta y hacían negocio sin respetar la casa de Dios. Cuando Jesús los vio, se enfureció y los echó de allí gritando:

—Está escrito: mi casa es casa de oración, y vosotros la habéis transformado en una cueva de ladrones. Os tendríais que avergonzar de vuestro comportamiento. Marchaos y dejad de pecar.

Entonces los comerciantes recogieron sus cosas y se marcharon, dejando el templo vacío y silencioso, como Jesús quería: un espacio que sirviera para rezar.

Jesús iba al templo cada día para hablar allí a los que quisieran escucharle, que eran muchos. Enseñaba a las gentes la Palabra de Dios y los poderosos, príncipes, sacerdotes, escribas y gente principal, pensaban que si seguía así podría arrebatarles su poder, porque las gentes le escuchaban y hacían lo que él mandaba.

De ese modo comenzaron a pensar en la manera de deshacerse de él para recuperar su influencia sobre el pueblo. Sin embargo, por mucho que pensaban, no veían la manera de terminar con él, porque si iban y lo detenían delante de todo el pueblo que le escuchaba maravillado, las gentes podrían indisponerse contra ellos y así, esperaban que llegara el momento adecuado para apresarlo, acumulando cada vez más odio.

Judas visita a los sacerdotes

Los que tanto odiaban a Jesús le preguntaban:

—¿Con qué autoridad predicas la Palabra de Dios? ¿Quién te ha dado el poder de llamarte Hijo del Señor? Nosotros creemos que en realidad no respetas sus preceptos.

Jesús les respondió con otra pregunta:

—El bautismo de Juan, ¿creéis que fue cosa del cielo o de los hombres?

Ellos pensaron que si respondían «del cielo», Jesús les reprocharía no haber creído en él, y si decían «de los hombres», la muchedumbre se enfurecería con ellos, porque tenían a Juan por un verdadero profeta, de manera que, no sabiendo qué respuesta dar, dijeron:

—No sabemos de dónde sale ese bautismo.

—Entonces –dijo Jesús–, si no me decís esto, yo tampoco tengo por qué contestaros quién me ha dado poder para hablar así.

Después intentaron de nuevo encontrar motivos para ridiculizarle delante del pueblo y le preguntaron:

—¿Crees que nosotros, que somos el pueblo escogido, tenemos que pagarle un tributo al César?

—Mirad esta moneda –respondió Jesús–. La imagen es la de César, de manera que dadle al César lo que es del César y a Dios lo que es de Dios.

Y otra vez los principales sintieron rabia porque Jesús no había dicho nada contra el César por lo que le pudieran detener. Jesús añadió:

—Guardaos de los escribas como estos, a los que les gusta aparentar y ser reconocidos, que engañan a todos y no respetan la ley de Dios, porque ellos serán condenados como ningún otro pecador ante los ojos de Dios.

Príncipes, sacerdotes y escribas seguían tramando la manera de acusar a Jesús de algún delito y darle muerte, pero temían la reacción del pueblo y no encontraban el momento oportuno para hacerlo. Cuando se acercaba la fiesta de la Pascua, Satanás, el demonio, se apoderó del corazón de uno de los doce Apóstoles, el que llamaban Judas Iscariote. Judas fue a visitar a los sacerdotes y, a cambio de treinta monedas de plata, se comprometió a entregarles a Jesús.

La última cena

Llegó el día de la Pascua y la tradición mandaba que se sacrificara un cordero, por lo que Jesús pidió a Pedro y a Juan que prepararan todo lo que hiciera falta para celebrar la fiesta todos juntos, él y sus doce Apóstoles.

—¿Y dónde podremos celebrar el banquete? –le preguntaron ellos.

—Id a la ciudad y encontraréis un hombre con un cántaro de agua. A este le diréis que el Maestro le pide su salón para comer el cordero pascual y él os lo ofrecerá y os abrirá una buena estancia donde podremos cenar juntos.

Y así fue; al caer la noche, Jesús se sentó en la mesa junto a los doce Apóstoles.

—Deseo comer este cordero con todos vosotros porque os aseguro que ya no volveré a comer otra vez.

Los Apóstoles no entendían sus palabras, pero guardaron silencio. Entonces Jesús tomó el pan, dio gracias a Dios, lo partió y se lo dio a los Apóstoles diciendo:

—Este es mi cuerpo, que es entregado por vosotros. Haced esto en memoria mía.

Después, una vez terminada la cena, tomó el cáliz de vino y les dijo:

—Este cáliz es la nueva alianza sellada en mi sangre, que es derramada por vosotros.

A continuación, Jesús habló con sus Apóstoles como si se despidiera de ellos:

—Amaos unos a otros como yo os he amado, porque en esto notarán que sois mis Discípulos, porque os amáis

unos a otros. El que me ha de traicionar –añadió– está entre nosotros, porque debe cumplirse el destino del Hijo del Hombre.

Y, tras la cena, siguió hablándoles:

—Todavía estaré con vosotros algo más de tiempo. Después me buscaréis, pero al lugar donde yo voy no podéis venir vosotros.

Y a Pedro le dijo:

—Pedro, antes de que cante el gallo, me negarás hasta tres veces, pero tu fe no perecerá y cuando te arrepientas serás la cabeza de mi Iglesia.

Y, en ese momento, Pedro no podía creer que aquellas palabras se hiciesen realidad.

Jesús en el Monte de los Olivos

Cuando terminaron la cena y después de que Jesús hablara así a sus Apóstoles, se retiró al llamado Monte de los Olivos porque deseaba orar a Dios. Esta era la costumbre de Jesús, rezaba constantemente en recogimiento y solía hacerlo en soledad, pero en esta ocasión especial permitió a los Apóstoles que le siguieran y estuvieran presentes, de manera que ellos se quedaron cerca, sentados a poca distancia. Jesús se arrodilló en el suelo y se puso a rezar diciendo estas palabras:

—Padre mío, si puede ser y si es de tu agrado, te pido que alejes de mí este cáliz. Pero si ello no es posible, entonces que no se haga mi voluntad, sino la tuya.

Los Apóstoles escuchaban en silencio y no se atrevían a decir nada ni a interrumpirle, pero no comprendían que lo que decía era una premonición de lo que iba a ocurrir después.

En ese momento, en mitad de sus oraciones, se apareció ante Jesús un ángel de Dios que desprendía una gran luminosidad en mitad de la noche y que estaba allí para reconfortarle en su tristeza. Y así Jesús rezó aún con más intensidad que antes, hasta el punto que comenzó a sudar de una forma muy extraña: las gotas de sudor que se formaban recordaban más bien a gotas de sangre y caían al suelo a su lado.

Estuvo así durante un rato y, cuando se incorporó, encontró a los Apóstoles dormidos, exhaustos ante la emoción y la intensidad que habían presenciado en las oraciones. Jesús los despertó diciendo:

—¿Qué hacéis dormidos? Levantaos y rezad a mi lado, porque esta es la única manera de alejar el pecado y no caer en las tentaciones.

Y ellos hicieron lo que les pedía y todos sentían una gran tristeza y conmoción esa noche.

Jesús capturado y el beso de Judas

De pronto, apareció un tropel de gente entre la que se encontraba uno de los doce Apóstoles, aquel al que llamaban Judas Iscariote y que días antes se había vendido a los principales. Este se acercó a Jesús y le besó delante de todos, como si fuera el más fiel de sus seguidores, pero aquel beso no era otra cosa más que la señal que había convenido para delatarle. Jesús le dijo:

—¿Con un beso entregas al Hijo del Hombre?

Pero Jesús estaba muy sereno; sabiendo cuál era su destino, lo aceptaba. Sus Apóstoles, al ver que lo iban a prender, dijeron:

—Si tú nos lo mandas, lucharemos contra ellos.

E incluso, uno de ellos atacó al criado del sumo sacerdote y lo hirió cortándole una oreja, pero Jesús les dijo:

—Guarda tu espada, porque los que matan a espada, a espada mueren. Podría recurrir a mi Padre, que pondría a mi servicio doce legiones de ángeles, pero deben cumplirse las Escrituras.

Y entonces curó milagrosamente al criado que había resultado herido.

Después Jesús se dirigió a la multitud diciendo:

—¿Cómo venís a prenderme con espadas y palos? Estuve muchos días en el templo hablando y no lo hicisteis. Y fue así porque debían cumplirse las Escrituras.

Y en ese momento, por temor, todos sus seguidores huyeron y le abandonaron. Los mismos Apóstoles y también Judas el traidor, se marcharon, pero Pedro siguió a Jesús, que iba preso, desde lejos. Una vez en la casa del sumo sacerdote, se sentaron alrededor del fuego y Pedro, disimuladamente, se sentó entre ellos, pero una criada lo reconoció y dijo:

—Este hombre era de los que iban con el que habéis prendido.

Pedro sintió miedo de ser detenido también y lo negó, diciendo:

—No conozco a ese hombre.

Dos veces más insistieron a Pedro diciendo que era de los amigos de Jesús y él lo rechazó, negando al Señor hasta tres veces, tal y como había profetizado Jesús que ocurriría. Al darse cuenta de su traición, Pedro lloró y se arrepintió de haber negado a Jesús por miedo.

Jesús ante Pilato

Los principales ataron a Jesús y le golpeaban y se burlaban de él. Cuando llegó la mañana, llevaron a Jesús ante el gobernador de la región, que en esa época era Poncio Pilato, y que era quien tenía la potestad de condenarle

a muerte o no. Así, ante su presencia comenzaron todos a acusarle con mentiras, diciendo:

—Este hombre enseña a la población que no se deben pagar tributos al César y que él es Hijo de Dios y rey de Israel sin reconocer el verdadero poder.

Poncio Pilato interrogó a Jesús:

—¿Dices que eres el rey de los judíos?

—Así es.

—¿Y no vas a defenderte de las cosas que te acusan?

Pero Jesús guardó silencio y entonces Poncio Pilato dijo:

—Yo no hallo delito alguno en este hombre para que merezca la muerte.

Entonces los principales insistieron:

—Alborota a todo el pueblo desde que partió de Galilea.

—Si es galileo –dijo Pilato–, llevadle a que le juzgue Herodes allí.

Ante Herodes, y a pesar de las muchas preguntas, Jesús no dijo nada. El rey lo devolvió de nuevo a Pilato, porque tampoco él quería decidir su suerte.

—Ni yo ni tampoco Herodes –dijo Pilato– hemos encontrado motivo para incriminar a este hombre, de manera que será azotado como castigo por alborotar a la población.

Era costumbre que en la Pascua se diera la libertad a un preso elegido por el pueblo. Los principales manipularon a la población para pedir la libertad de un criminal llamado Barrabás, en lugar de Jesús. Viendo que casi toda la gente lo pedía, Pilato liberó a Barrabás y dejó a Jesús en manos de sus enemigos.

La crucifixión

Entonces se llevaron a Jesús, le vistieron de color púrpura –que es el color de la realeza– y le pusieron una corona de espinas mientras gritaban: «¡Salve, oh, rey de los judíos!». Y después lo sacaron para crucificarle, obligándole a cargar con la cruz en la que iba a morir. Cuando llegaron al monte Calvario, levantaron tres cruces desde el suelo, porque junto a Jesús, iban a ser crucificados dos ladrones. Pusieron a Jesús en medio y Jesús dijo:

—Padre, perdónales porque no saben lo que hacen.

Los soldados le dieron vino para beber, pero él no lo quiso. Después, sin ningún respeto por el reo ni sus seguidores, se repartieron sus ropas y le insultaban:

—¿No eres el rey de los judíos y el elegido por Dios? Pues sálvate a ti mismo.

Y colocaron un cartel en la cruz en el que ponía «INRI», una abreviatura de las palabras latinas que quieren decir: «Jesús Nazareno, rey de los judíos».

Uno de los ladrones se burlaba de Jesús de la misma manera, pero el otro advirtió con piedad:

—Nosotros sufrimos un castigo justo, pero este es inocente. Señor, acuérdate de mí cuando llegues a tu reino.

—En verdad te digo que hoy estarás conmigo en el Paraíso –respondió Jesús al buen ladrón.

Al mediodía, las tinieblas lo cubrieron todo y entonces Jesús gritó:

—Dios mío, Dios mío, ¿por qué me has abandonado?

Y poco después dijo:

—Padre, en tus manos encomiendo mi espíritu.

Y expiró, dejando sorprendido al centurión que le observaba diciendo:

—Verdaderamente, este era un hombre justo y el Hijo de Dios.

La resurrección

La gente que había presenciado la crucifixión se lamentaba y entre ellos estaban María Magdalena, María, la madre de Santiago y Salomé, la hija de Zebedeo. Un senador, José de Arimatea pidió a Pilato permiso para dar sepultura a Jesús, mandó que lo descolgaran de la cruz y lo envolvieran en una sábana para colocar su cuerpo en un sepulcro en la roca. Las tres mujeres vieron dónde dejaban el cuerpo de Jesús y regresaron a casa, donde estuvieron durante el sábado, día de descanso según la Ley, y esperaron al día siguiente para acercarse al sepulcro de Jesús.

Al día siguiente, domingo, fueron estas mujeres al sepulcro con aceites y perfumes que tenían preparados para embalsamar a Jesús pero, cuando llegaron, lo encontraron abierto. Después entraron dentro y no hallaron el cuerpo de Jesús, para lo que no encontraban ninguna explicación y empezaron a sentirse realmente aterradas.

Entonces se aparecieron de repente delante de ellas dos ángeles vestidos de blanco que les dijeron:

—¿Por qué buscáis entre los muertos a aquel que está vivo? Jesús no está aquí, sino que resucitó de entre los muertos. Marchaos y contad a sus discípulos lo que habéis visto, sobre todo a Pedro, pues él os conducirá a Galilea, donde volveréis a ver a Jesús.

Las tres mujeres se marcharon muy asustadas ante lo que habían visto y oído y se lo contaron a Pedro y a los otros Apóstoles.

Pero ellos no las creyeron, sino que pensaron que se habían dejado impresionar tras la muerte de Jesús. A pesar de ello, Pedro quiso asegurarse y fue corriendo al sepulcro, donde, al asomarse, vio la mortaja tirada en el suelo sin que Jesús apareciera por ningún sitio, y se volvió admirándose del suceso inexplicable que acababa de corroborar.

Jesús se aparece a los Apóstoles

Dos de los discípulos de Jesús iban caminando hacia la aldea de Emaús, conversando sobre todo lo sucedido los días anteriores, cuando les salió al encuentro el mismo Jesús, aunque ellos no le reconocieron. Jesús les preguntó la causa de su tristeza. Uno de ellos, llamado Cleofás, le respondió:

—Ya vemos que tú solo eres un extranjero en Jerusalén, acabas de llegar y no sabes qué ha pasado en la ciudad estos últimos días.

—¿A qué os referís? –replicó Jesús.

—A que Jesús Nazareno –respondieron ellos–, el mayor profeta para el pueblo, ha muerto crucificado. Estamos en el tercer día después de su muerte y no ha resucitado, como él predijo. Las mujeres que acudieron al sepulcro no encontraron su cuerpo, pero nadie le ha visto, así que no sabemos si su resurrección será verdadera o no.

Entraron en la ciudad y Jesús se quedó con ellos a cenar. Cuando vieron cómo partía el pan y se lo daba, reconocieron en él a Jesús, pero él desapareció de pronto y sus dos seguidores regresaron a toda prisa a Jerusalén para reunir a los Apóstoles y contarles lo que había sucedido.

Allí encontraron reunidos a los once Apóstoles que decían:

—El Señor ha resucitado realmente, y se le ha aparecido a Pedro.

Ellos, por su parte, contaban lo que les había sucedido en el camino, y cómo habían reconocido al Mesías en el momento en que Él partió el pan.

Mientras estaban hablando de estas cosas, Jesús se apareció de repente ante ellos y les dijo:

—La paz sea con vosotros. No temáis, porque soy yo; no deis lugar en vuestro corazón a pensamientos lúgubres. Ved mis manos y mis pies con las señales de la crucifixión. Estaba escrito que moriría para la salvación y el perdón de los pecados de todos los hombres, y también que resucitaría al tercer día de entre los muertos. Vosotros sois mis testigos.

Al principio, los Apóstoles sintieron temor, pero cuando reconocieron en él a Jesús y de pronto por obra divina sus ojos se abrieron al entendimiento, se alegraron en sus corazones y comprendieron cuál era su misión. Después los sacó a todos afuera, al camino de Betania, y levantando hacia el cielo las manos, les dio su bendición diciéndoles:

—Id por el mundo y predicad el Evangelio entre los hombres.

Y al mismo tiempo que los bendecía, fue separándose de ellos y elevándose hacia el cielo, donde está sentado a la derecha del Padre.

Los Apóstoles regresaron a Jerusalén con gran júbilo. Allí estaban continuamente en el templo alabando y bendiciendo a Dios. Con el tiempo, salieron de allí y predicaron por todas partes enseñando la doctrina del Señor.